고래별자리

고래별자리

조서현

이서연

김현

박보순

유은솔

박세은

문기원

이예은

이진아

양정화

여러분 혹시 '아이스 브레이킹(ice breaking)'이라는 단어를 아시나요? 새로운 사람과 만났을 때 어색한 분위기를 깨뜨리는 일을 말하는데요. 가령 제가 지금 하는 게 아이스 브레이킹이지 않을까 싶어요.

애석하게도 정작 동료 작가분들과는 이런 시간을 갖지 못했어요. 얼어붙은 분위기를 깨기에 앞서 각자의 빙하를 깨는 게 우선이었거든요. 정처 없이 떠돌아다니던 각자의 빙하를 간신히 찾아내고, 그 아래 잠겨있던 무의식을 유심히 들여다보느라 바빴죠.

빙하 속에서 찾아낸 이야기를 꺼내기 위해서 우리는 얼음을 깨기보다는 녹기를 기다리는 쪽을 택했어요. 다행인 점은 우리가 한여름에 만나서 빙하가 녹는 데 그리 오랜 시간이 걸리지 않았다는 거예요. 빙하가 녹으면서 이야기의 윤곽이 서서히 나타나기 시작했어요. 마침내 모습을 드러낸 이야기를 정성껏 다듬어서 이곳에 실을 수 있게 되었습니다.

이야기를 내놓는 것은 자기만의 세계를 사람들에게 나누어주는 일이라고 생각해요. 응원하고 싶은 마음, 위로하고 싶은 마음, 재미를 주고 싶은 마음 등등 여러 마음이 모여서 나온 결과물이라고요. 더불어 나의 이야기를 남들이 알아주기를 바라는 마음도 작진 않을 거예요. 그렇게 세상에 나온 이야기를 여러분이 읽는다면 그건 마음과 마음이 만나는 일이 되겠죠?

이쯤이면 아이스 브레이킹은 충분히 한 거 같아요. 이제 열 편의 이야기를 직접 만나볼 차례입니다. 여름 안에서 발견한 빙하를 세공해 만든 소중한 이야기들을 기꺼이 맞이해주세요. 단 하나의 이야기라도 여러분의 마음에 닿아 스며들기를 간절히 바랍니다.

- 공동저자 中 조서현

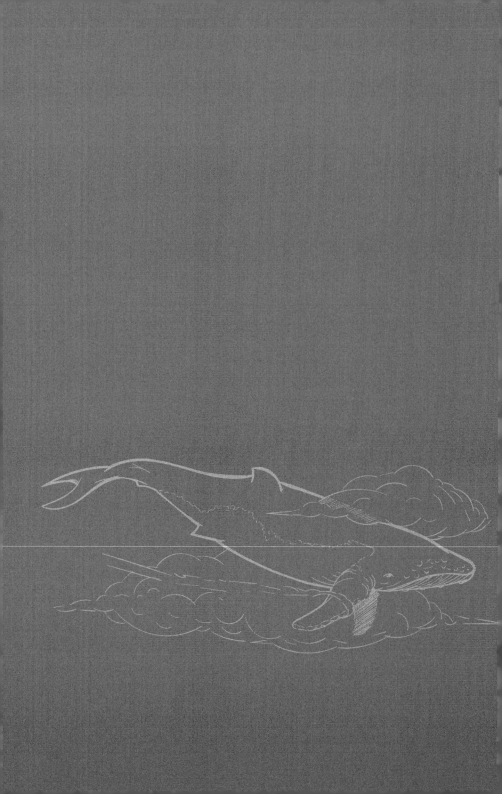

차 례

다음에 또 만나!

조서현

조 서 현

비 오는 날을 좋아한다. 창문 앞에 앉아서 듣는 빗소리도, 우산 위로 떨어지는 빗방울도, 우중충한 하늘도, 시원하게 내리치는 천둥 번개도 물론 그렇다고 해서 화창한 날을 싫어한다는 말은 아니다. 그런 날에는 바람결에 흘러가는 구름을 보면서 자주 멍을 때린다. 세상엔 아름다운 장면이 넘쳐나서 틈틈이 바라보고 누리기 위해 노력한다. 바쁜 일상 속에서 꼭 지켜야 할 사치라고 생각한다.

이메일: question9919@naver.com

"이모 우리 어디 가는 거야?"

"응, 외할머니 집. 이모가 정리할 일이 있어서 그때까지만 기다릴 수 있지?"

포장되지 않은 울퉁불퉁한 산길에 이모의 차가 덜컹거리며 속력을 냈다. 차창에 부딪히는 빗소리가 방정맞았다. 마지막 휴게소에서 사 온 알감자 하나가 통에서 빠져나와 시트에 떨어졌다. 새카맣게 변하는 알감자를 보니 이모의 차도 밖에서 보면 다를 바가 없겠다고 생각했다. 울렁거리는 속을 의식하지 않으려 빗소리에 집중했다.

이모가 허둥대며 차에서 내렸다. 우산을 쓴 이모가 앞바퀴를 지나기도 전에 조수석 문을 열고 뛰쳐나갔다. 엉거주춤한 자세로 달려오는 이모를 뒤로하고 외할머니 집으로 달렸다. 어딘지는 어떻게 알았냐고? 보이는 집이 하나뿐인데 모를 리가 있나.

외할머니 집은 널찍한 들판에 덩그러니 놓여있었다. 저기 어디 외국에서나 볼 법한 나무로 만든 단독주택이었다. 생전 들어본 적 없는 시골이라 당연히 판잣집일 줄 알았는데. 마당도 넓고 여러모로 의외였다. 뒤따라온 이모가 문을 힘없이 두드렸다. 안에서 잘각거리는 발소리가 들렸다. 열린 문 뒤에 서 있는 건 축축한 대형견이었다.

"윌리!"

이모가 윌리를 냉큼 끌어안았다.

"요 녀석아 너도 흠뻑 젖었구나? 이래서야 누가 개고 누가 사람인지 모르겠네."

윌리와 놀기 바쁜 이모 대신 외할머니와 인사를 나누었다. 태어나서 처음 보는 외할머니였다. 이모의 얼굴을 실컷 핥은 윌리는 이내 어색하게 서 있는 나로 타깃을 바꾸었다. 윌리의 무게를 견디지 못해 신발장 바닥에 주저앉았다. 그런 나를 일으킨 이모는 짐가방을 문턱에 내려놓았다.

"우리야. 한 달만 기다리고 있어. 금방 데리러 올게."

급하게 돌아가려는 이모를 붙잡을 말은 꺼내지도 못하고 고개만 끄덕였다.

걱정했던 것보다 이곳에서의 생활은 나쁘지 않았다. 솔직히 말하자면 좋은 편에 가까웠다. 외할머니의 집은 바깥에서 본 것처럼 내부도 근사했다. 현관문을 열고 들어가면 적당한 크기의 신발장이 있었다. 신발장 문턱을 기준으로 오른쪽은 거실이었고 왼쪽은 부엌이었다. 정면에는 2층으로 올라가는 계단이 옆으로 나 있었다. 거실에는 커다란 카페트가 깔려 있었다. 한쪽 벽에는 영화에서나 보던 커다란 벽난로(아직은 여름이라 비 오는 날에만 가끔 켰다. 비가 두 배로 좋아진 이유 중에 하나다)와 흔들의자가 있었다. 나머지 한쪽 벽은 큰 창이 있어 마당이 훤히 보였다. 거기에 윌리까지. 그런데 집이 넓어서인지 마당에 개집이 없다는 점이 의외였다. 그 점만 빼면 어렸을 때 바랐던 꿈의 집과 똑 닮은 풍경이었다.

해가 중천에 뜰 즈음이면 윌리가 다가오는 소리가 들렸다. 곧 일어날 참사를 알면서도 괜히 늦장을 부렸다. 결국 무자비한 윌리에 의해 침 범벅이 된 얼굴을 씻으러 일어났다. 비몽사몽 한 상태로 윌리와 함께 부엌으로 내려갔다. 나는 시리얼을, 윌리는 사료를 우그적 씹었다. 아침부터 밥을 먹는 건 취향이 아니었다. 외할머니는 활짝 열어둔 창문 앞 흔들의자에 앉아있었다. 뜨개질바늘을 손가락 위에서 바쁘게 굴렸다. 나한테 이렇게 이상적인 할머니가 있는 줄은 몰랐는데.

외할머니 집에서 지내는 동안 윌리와 늘 붙어 다녔다. 윌리는 빗질을 자주 해주지 않아도 시종일관 부드러운 털을 자랑했다. 맑은 황금빛의 털은 햇빛을 받으면 반짝거렸다. 눈동자는 특이하게도 회색과 보라색이 오로라처럼 섞여 신비로운 빛을 띠었다. 앞발을 들고 일어서면 내 키와 엇비슷할 정도로 덩치가 큰 편에 속했다. 살면서 윌리처럼 반짝거리고 멋있는 개는 본 적이 없었다. 게다가 윌리는 기억력도 좋고 영리했다.

그런 윌리랑 동네를 산책하면서 괜찮은 장소를 꽤 여러 군데 발견했다. 이 동네의 터줏대감인 윌리는 모르는 곳이 없었다. 가파른 산길을 오르락내리락하다 보면 시린 물이 가득한 샘, 여러 색이 뒤섞인 수

국, 한껏 흐드러진 능소화 무더기를 보기도 했다.

오늘은 윌리가 좀 색다른 곳을 소개해 줄 요량 같았다. 윌리는 여태 껏 한 번도 가본 적 없는 방향으로 바쁘게 걸었다. 항상 느긋하게 걷 던 윌리답지 않은 모습에 덩달아 걸음이 빨라졌다. 윌리는 나무가 빼 빽한 흙길을 한참 걷다가 우뚝 멈춰 섰다. 허공에 대고 킁킁거리는 윌 리를 따라 나도 냄새를 맡았다. 기분 탓인지 풀냄새가 더 짙어진 듯한 느낌이 들었다.

의심이 들려는 찰나 얼굴에 무언가 떨어졌다. 한 방울, 두 방울 떨 어지다가 갑자기 떼로 쏟아지기 시작했다. 소나기였다. 세차게 내리 는 비 때문에 시야가 흐릿했다. 앞서가는 윌리의 꼬리도 잘 보이지 않 아서 따라가기가 벅찼다. 걸음을 늦춰 보폭을 맞춰준 윌리의 등에 손 을 얹고 함께 나아갔다.

"윌리 그래도 비 맞으니까 엄청 시원하다. 그치?"

빗물을 좌우로 털어낸 윌리는 대꾸하지 않고 걸음을 계속했다. 갑 자기 윌리의 등에 얹은 손에서 온기가 사라졌다. 깜짝 놀라 고개를 들 었다. 눈앞에 작은 집이 보였다. 귤색 지붕을 단 개집이었다. 그 앞에 서 윌리가 웃으며 나를 바라보았다. 이따금 윌리는 지금처럼 의미심 장한 표정을 지었다. 이럴 때면 나는 윌리에게 속절없이 홀리는 듯한 착각이 들었다.

"설마 네 집이야? 집이 멀어서 여기로 온 거야?"

윌리의 집은 같이 들어가기에는 버거워 보였다. 그렇지만 슬슬 차 가워지는 공기에 윌리의 결정을 따르기로 했다. 발걸음을 옮기는 나를 보며 윌리는 들뜬 기색을 숨기지 못했다. 정수리로 문을 밀고 들어가는 윌리를 따라 몸을 낮춰 기어들어 갔다. 흔들거리는 문에서 경첩이 삐걱거리는 소리가 났다. 바닥에 난데없이 쏟아지는 밝은 빛에 의아해하며 고개를 들었다. 윌리의 집은 전혀 비좁지 않았다. 여긴…….

"아가야! 윌리!"

그때 바깥에서 우리를 찾는 목소리가 들렸다. 윌리도 귀를 쫑긋했다.

"지금은 일단 돌아가자."

혼란스러운 상황은 뒤로 하고 일 보 후퇴하기로 했다. 생각을 정리하고 마음을 다잡을 시간이 필요했다. 까만 우비를 입고 우리를 데리러 온 외할머니의 손에 이끌려 집으로 돌아왔다. 윌리와 함께 따뜻한 물로 샤워를 하고 몸을 말렸다. 담요를 칭칭 두른 채로 김이 폴폴 나는 마차를 마셨다. 고소하고 짭짤한 게 은근히 중독성 있었다.

맞은편에 앉은 외할머니는 긴 시간 잔소리를 늘어놓고 있었다. 잔소리의 결론은 너무 멀리까지 가지 말고 해가 지기 전에는 꼭 돌아오라는 얘기였다. 외할머니가 말을 덧붙이기 전에 건성으로 고개를 끄덕였다. 방으로 들어와 이부자리에 누워서도 한참 동안 잠이 들지 못했다.

다음 날 아침, 눈곱을 떼자마자 문제의 집으로 달려갔다. 하도 생각해서인지 자면서도 그곳으로 가는 꿈을 꿨다. 그도 그럴듯한 게 찰나의 순간 목격했던 윌리의 집 내부는 상식적으로 말이 안 되는 모습을 하고 있었다. 나는 그 집의 숨겨진 비밀을 제대로 파헤칠 작정이었다.

한 번 가본 길을 되찾아 가는 건 식은 죽 먹기였다. 당연하게 곁을 지키는 윌리와 한달음에 달려 목적지에 도착했다. 한껏 기대에 부푼 마음으로 문을 밀었다. 어제와 달리 문 너머는 캄캄했다. 여러 번 다시 열어봐도 윌리의 집 안은 고요하기만 했다. 기대했던 만큼 실망도 컸지만 방법이 없었다. 하는 수없이 또 한 번 후퇴하기로 했다. 집으로 돌아가서 다른 방법을 찾아봐야겠다. 원래 등잔 밑이 제일 어두우니까.

평소보다 일찍 집으로 돌아온 우리를 바라보는 외할머니의 시선이 따가웠다. 어제 한 약속 때문이라고는 믿지 않는 눈치였다. 아무렇지 않은 척 인사를 하고 지나쳤다. 서둘러 돌아온 보람도 없게 집 안에서는 아무것도 발견하지 못했다. 구석에 처박혀 있는 낡은 라디오를 작동시켜보았으나 기상청 외의 다른 채널은 잡히지도 않았다.

한동안은 윌리의 집을 들르는 것을 하루의 시작으로 삼았다. 일주일이 넘도록 허탕만 치긴 했다. 그래도 오늘은 아침부터 비가 와서 기분이 한결 나았다. 빗소리로 시작하는 하루는 유독 시원하고 상쾌했다. 그런데 하필 사이즈가 맞는 우비가 노란색밖에 없었다. 썩 마음에 들지 않았지만 불편함을 감수하기 위해 참았다.

길에는 비를 맞으러 밑에서 올라온 지렁이들로 가득했다. 실수로 지렁이를 밟을까 봐 우스꽝스러운 걸음걸이로 헤쳐 나갔다. 나뭇잎 위에서 느릿느릿 기어가는 달팽이도 심심찮게 구경할 수 있었다. 젖은 풀에서 나는 특유의 시원한 향이 머리가 환기되는 기분을 들게 했다. 그렇게 느직느직 걷다 보면 어느새 윌리의 집 앞에 도착해 있었다.

별다른 기대 없이 문을 밀고 들어가는 윌리의 뒤를 따라 들어갔다. 우비에서 떨어지는 물이 바닥을 적셨다. 익숙하게 생긴 나무 바닥이

짙은 색으로 얼룩졌다. 헛숨을 들이켰다. 무거워진 모자를 뒤로 젖히고 고개를 들었다. 앞서 들어갔던 윌리의 옆에 작은 강아지가 나란히 앉아있었다. 지난번에 내가 본 광경이 허상이 아니었다. 윌리의 집 문너머 안쪽은 외할머니의 집과 똑같은 모습이었다! 아, 덜 낡아 보인다는 점이 다르긴 했다. 마찬가지로 윌리를 쏙 빼닮은 작은 강아지를 향해 확신을 가지고 물었다.

"너도 윌리 맞지?"

작은 강아지가 앉은자리에서 벌떡 일어나 꼬리를 흔들었다. 실소가 새어 나오려는 순간, 다부진 그림자가 작은 윌리의 위로 드리워졌다.

"윌리를 아니?"

하마터면 여길 들어오기 위해 몇 날 며칠을 고생한 것도 잊고 도망갈 뻔했다. 어마어마한 키에 떡 벌어진 어깨를 한 할아버지가 눈을 크게 뜨고 내려다봤다. 순간 당황해서 아무런 대꾸도 하지 못했다. 작은 윌리가 품으로 달려드는 바람에 비로소 정신을 차렸다.

"아… 저는 이 윌리 말고 저 윌리를 알아요."

할아버지는 유독 얌전히 앉아있는 큰 윌리를 살살이 훑었다. 감정이 끝났는지 찬찬히 고개를 끄덕였다.

"과연 저 아이도 윌리가 맞는 듯하구나."

"그걸 할아버지가 어떻게 알아요?"

"너는 어떻게 알았니?"

정곡을 찔린 질문에 입을 꾹 다물었다. 우비를 벗어 현관문 옆에 있는 앙상한 나뭇가지 형상을 띤 옷걸이에 걸었다. 할아버지는 나에게 답을 재촉하지 않고 부엌으로 데려갔다. 의자에 앉아 식탁을 살살 흔들어 보았다. 할아버지가 금세 양손에 마차를 들고 와서 맞은편에 앉았다.

"식탁에 무슨 문제라도 있니?"

"아직은 없는 것 같아요."

"나중엔 생긴다는 얘기구나. 오래된 것들이 으레 그렇지."

"안 물어보세요?"

"무엇을 말이니?"

"다 커버린 윌리나 이상한 소리만 하는 저에 대해서요. 누가 봐도 수상하잖아요."

"신비로운 사람과 오래 함께하다 보면 가끔은 이런 일들이 여상하게 느껴지더구나."

혹시나 했는데 역시나. 꺽다리 할아버지의 정체는 오래전에 돌아가셨다던 외할아버지가 분명했다.

"그보다 식탁에 무슨 문제가 생기는지 알려줄 수 있니? 미리 고칠 순 없지만 고치는 방법을 가르쳐 줄 순 있으니 말이다."

"별거 아니에요. 한쪽 다리가 닳아서 기울어졌거든요. 그래서 두꺼운 박스를 접어서 끼워놨어요."

"저런, 작은 일이구나."

"네?"

"큰일이 일어나도 머릿속에서 작게 만드는 상상을 거듭하면 더 이상 큰일로 느껴지지 않는 법이거든. 잠시만 기다리려무나."

할아버지가 느긋한 걸음으로 마당으로 나갔다. 바깥은 구름 한 점

없이 햇볕만 내리쬐고 있었다. 작은 윌리와 꼬리잡기를 하며 놀고 있는 윌리를 불렀다. 그러자 두 윌리가 동시에 달려왔다.

"윌리. 너 마법… 마법견이야? 혹시 사람 말도 할 줄 알아?"

윌리가 눈을 끔뻑거리다가 고개를 저었다. 이럴 수가. 할 줄은 몰라도 알아들을 줄은 아는 모양이었다. 능청스러운 표정을 지은 윌리가 내 얼굴을 핥았다. 흥분에 겨운 나를 뒤로하고 위풍당당한 걸음으로 작은 윌리의 앞장을 섰다. 나는 윌리들만의 시간을 존중해주기로 했다.

돌아온 할아버지의 손에는 작은 나무토막이 여러 개 들려있었다. 할아버지가 그중에 하나를 들이밀었다.

"이 정도 크기면 될 것 같은데. 네 생각에는 어떠니?"

"괜찮을 것 같긴 한데… 그럼 혹시 모르니까 다 가져갈게요."

"그러렴."

똑같이 생긴 나무토막 사이에서 디귿 모양의 나무토막 두 개가 눈에 띄었다. 끄트머리는 퍼즐 모양처럼 생겨서 꿰맞추면 들어갈 것 같았다.

"높이가 맞는 나무토막을 박스 조각 대신해 넣은 다음, 이음새 부분에 그 아이들을 끼워두면 된단다. 아주 강력하진 않아도 고정하는 데 도움이 될 거란다."

이야기를 마치자 식탁에는 어색한 침묵이 흘렀다. 하지만 굳이 말을 꺼낼 필요성은 못 느꼈다. 다 식은 마차로 간간이 목을 축이면서 거실 너머 창밖을 구경했다. 따사로운 오후의 햇살을 보고 있으니 나른했다.

"아가야 이름이 어떻게 되는지 물어봐도 되겠니?"

나지막하게 들려오는 목소리에 졸음이 달아났다.

"우리예요."

이미 죽은 사람한테 함부로 이름을 알려줘도 되는지 잠시 걱정이 스쳤다.

'근데 뭐 이런 일로 큰일 나겠어? 그래! 작은 일이다. 작은 일.'

"우리. 좋은 이름이구나."

"세상에 나쁜 이름도 있어요?"

"어이쿠, 예리한 지적이구나."

어른들은 실없는 소리를 자주 했다. 나이가 들면 나도 그렇게 변하게 될까. 개인적인 바람으로는 안 그랬으면 좋겠다.

"사실 우리 너를 보고 있으니 생각나는 아이가 있단다. 소식이 끊겨 어떻게 지낼지 궁금했는데 잘 지내는 것 같구나."

자꾸만 몰려오는 졸음을 참기 위해 쌓고 있던 나무토막이 무너졌다. 상쾌하고 가벼웠던 공기가 무거워지는 기분이 들었다. 애써 무시하고 나무토막을 처음부터 다시 쌓았다. 위태롭게 쌓인 나무토막은 한숨만 쉬어도 다시 무너질 것 같았다. 내려앉은 석양에 드리워진 그림자가 발목을 삼켰다. 어두운 그림자를 가로질러 윌리들이 다가왔다. 윌리가 바지 끝단을 물어 당겼다.

"인제 그만 돌아가 봐야겠어요."

"벌써 시간이 이렇게 되었구나."

나무토막들을 한 움큼 쥐어서 양쪽 바지 주머니에 나누어 담았다.

아직 덜 마른 우비를 걸쳤다. 작은 윌리가 신발장에 놓인 장화를 깔고 뭉갰다.

"윌리 우린 가야 해. 어차피 시간이 지나면 다시 만나게 될 거야. 약속할게."

못 들은 척 고개를 돌리고 있던 작은 윌리가 귀를 축 늘어뜨렸다. 작은 윌리를 코끝으로 살살 밀어내는 윌리의 귀도 늘어져 있긴 마찬가지였다.

"조심히 가렴. 만나서 반가웠단다."

"…저도요. 식탁은 걱정하지 마세요."

고민하다가 오른손을 내밀었다. 활짝 펼친 손은 뻣뻣하게 힘이 들어가 있었다. 잠시 멈칫한 외할아버지가 손을 맞잡았다. 크고 따뜻한 손이었다.

"고맙구나. 염치없지만 잘 부탁한다. 우리야."

스르륵 미끄러져 나가는 따뜻한 손이 못내 아쉬워 입술을 짓씹으며 뒤로 돌았다. 문을 밀고 나간 윌리를 따라나섰다. 나올 때 열었던 문과 달리 자그마한 문이 뒤에서 끼익-하는 소리를 내며 흔들렸다. 미처 모자를 쓰지 않은 머리 위로 비가 쏟아졌다.

오랜 시간 비에 젖은 땅바닥은 걸을 때마다 푹푹 꺼졌다. 파묻히는 장화를 한 발, 한 발 내딛기란 힘겨운 일이었다. 가벼운 걸음으로 앞서가는 윌리가 야속했다.

해가 다 진 후에야 외할머니 집에 도착했다. 거실에 켜 둔 벽난로의 불빛이 은은하게 사방을 밝혔다. 곧장 식탁으로 가 바지 주머니에서 나무토막을 꺼냈다. 닳은 식탁 다리 밑에 있던 두꺼운 박스를 빼고 나무토막을 끼웠다. 외할아버지가 맨 처음 주었던 나무토막이 기가 막히게 딱 들어맞았다. 마무리로 이음새 부분에 디귿 모양 나무토막을 끼워 넣는 게 생각보다 힘들어서 애를 먹었다. 그래도 덕분에 반신반의했던 것에 비해서 고정 능력은 뛰어났다.

소란스러운 움직임에 외할머니가 방에서 나왔다. 우비를 입었는데도 다 젖은 머리와 널브러져 있는 마른나무토막에 번갈아 시선을 두었다. 예상외로 외할머니는 아무런 잔소리도 하지 않았다. 뒤돌아서는 외할머니의 등에 대고 들릴 듯 말 듯 한 목소리로 물었다.

"외할머니는 외할아버지 안 보고 싶어요?"

내 쪽을 향해 돌아선 외할머니는 불빛을 등지고 있어 표정을 구분하기 어려웠다. 천천히 다가온 외할머니가 나를 들어서 의자에 앉힌 후 마주 보았다.

"그럴 리가. 오래 살았다고 해서 모든 일에 초연한 건 아니란다."

"그럼 보고 싶을 땐 어떡해요?"

"그리우면 그리워하고 떠오르면 떠오르는 대로 두었지. 그렇게 살다 보면 처음에 비해 무뎌지는 때가 온단다. 하지만 그렇다고 해서 꼭 다 잊었다는 것도 아니야. 항상 여기에 자리하고 있지."

외할머니는 심장 위쪽을 손으로 포개곤 말을 이어 나갔다.

"인정하기 어려운 일이지만 만남에는 헤어짐이 필연적으로 따라오더구나. 그래야 다시 만날 수도 있는 법이거든. 자연스러운 일이야. 애써 괜찮은 척을 할 필요도 지나치게 아파하려 할 필요도 없단다."

식탁 다리 앞에 남은 나무토막을 모아서 외할머니에게 건넸다.

"선물이에요. 그럼 안녕히 주무세요."

우비를 옷걸이에 걸어두고 계단을 올랐다. 윌리와 나에게서 떨어지는 물이 바닥에 자국을 남겼다. 방으로 들어와 드라이기로 윌리의 털을 말려주었다. 따뜻한 바람이 방 안을 데웠다. 내 머리까지 말릴 힘은 없어서 바로 침대로 들어갔다. 아까 얹힌 숨이 쉽사리 내려가지 않았다.

한동안은 외할머니를 피해 윌리와 밤을 탐험하기만을 반복했다. 윌리의 집은 그날 이후엔 '과거의 윌리의 집'으로 이어지지 않았다. 곰곰이 생각을 해봤는데, 아무래도 비가 오는 날만 열리는 것 같았다.

비가 오는 날에는 마치 다른 세상에 와있다는 느낌을 곧잘 받고는 했다. 묵직하게 내려앉은 공기나 빗소리에 묻히는 소리들이 그랬다. 처음 윌리의 집으로 초대받은 날도 외할아버지를 만난 날도 비가 내렸다. 공통점은 그거 하나뿐이었다.

티비도 없고 핸드폰도 없는 산골에서 비가 내리는 날을 알 만한 방법은 딱 하나였다. 그건 바로 외할머니 집에 있는 낡아빠진 라디오였다. 기상청 채널만 연결되는 라디오. 구경만 하고 처박아뒀던 라디오를 부랴부랴 꺼냈다. 꼭두새벽에 일어나서 캄캄한 밤이 될 때까지 라디오를 옆구리에 끼고 다니면서 종일 일기예보를 들었다.

"전국적으로 장마가 한풀 꺾인 지금, 화창한 날씨가 이어지고 있습니다. 이번 주도 평일, 주말 할 것 없이 맑은 하늘이 관측되는데요. 외출 시…"

기껏 연결된 기상청 채널에서는 달갑지 않은 소식만 들렸다. 급한 마음에 비를 내리게 해 준다는 인형을 만들어 창가에 달아도 보고, 개울에서 물을 길어다가 윌리의 집에 쏟아붓기도 해 봤다. 일종의 기우제를 벌인 셈이었으나 하등 소용없는 짓이었다. 이모가 데리러 오기로 한 바로 전날까지도 하늘은 눈이 부시게 맑았다.

마지막 날 밤은 보름달이 떴다. 스산한 구름이 달을 감쌌다가 멀어지기를 반복했다. 머리맡으로 들어오는 달빛을 노려보다가 잠이 들어 버렸다. 며칠간 잠이 부족했던 탓이었다. 잠결에 빗소리가 어렴풋하게 들렸다. 힘겹게 뜬 눈앞에 윌리의 얼굴이 보였다. 푸르스름한 하늘에서 비가 내리고 있었다. 예보에 없던 소나기였다.

신발도 신지 않은 채로 현관문 밖으로 뛰쳐나갔다. 헐레벌떡 따라나온 윌리가 앞장섰다. 새벽녘의 차가운 공기에 기온이 뚝 떨어졌지만 추위를 느낄 새도 없었다. 빗물에 쓸려 튀어나온 나무뿌리에 젖은 발이 걸려 수차례 넘어졌다 일어서길 반복했다. 언제 그칠지 모르는 소나기에 미친 듯이 앞만 보고 달렸다.

근 한 달간 질리도록 열어본 문 앞에 멈춰 섰다. 온몸에서 심장이 뛰는 게 느껴졌다. 헐떡이는 숨을 고르고 떨리는 손으로 문을 짚었다.

'우리야. 그 문은 여는 존재가 원하는 대로 보여준단다. 꼭 명심하렴.'

어젯밤 잠들기 직전 외할머니가 속삭인 말을 되새겼다. 쉬지 않고 내리는 비가 뜨거워진 몸과 머리를 식혔다. 내가 돌아갈 곳에 과거의 나는 없어야 한다. 그 외에도 여러 조건을 세세하게 따졌다. 생각을 끝마친 후 윌리와 시선을 교환했다. 문 위에 짚은 손을 앞으로 밀었다.

차마 고개를 들고 앞을 쳐다볼 용기가 나지 않았다. 감은 눈을 제외한 다른 감각기관들이 공간의 이질감을 먼저 알아챘다. 하루도 빠짐없이 돌아가던 요란한 세탁기 소리, 세탁기에서 꺼낸 빨래에서 나던 섬유유연제 냄새, 끼니때마다 보글보글 소리를 내며 끓던 찌개 냄새가 났다. 용기를 내어 살며시 뜬 눈꺼풀 사이로 익숙한 공간이 펼쳐졌다.

"우리 이제 오니?"

앞치마를 두른 엄마가 뒤도 돌아보지 않고 말을 걸었다. 베란다에서 빨래를 널던 아빠가 투명한 중문 앞으로 다가왔다.

"아이고 이게 무슨 일이야. 완전 비 맞은 생쥐 꼴이 됐네. 옆에 개는 또 어디서 데려온 거야."

아빠의 탄식 어린 목소리에 엄마가 가스레인지의 불을 끄고 손의 물기를 닦으면서 다가왔다. 열린 중문 너머에서 굳어있는 나를 보고 엄마가 아빠의 등을 떠밀었다

"애 닦게 가서 수건이나 가져와 얼른."

미소를 띤 얼굴로 나와 윌리를 번갈아 마주친 엄마는 이내 내 볼을 아프지 않게 꼬집었다.

"감기 걸릴 수도 있으니까 얼른 닦고 밥부터 먹자."

젖은 옷을 갈아입은 나와 윌리는 자연스럽게 우리 집에 들어갔다. 들판에 덩그러니 놓여 있는 목조주택이 아닌 하늘 사이에 자리 잡은 진짜 우리 집이었다. 아픈 줄도 몰랐던 다리의 상처에 아빠가 약을 발라 주었다. 저녁은 내가 제일 좋아하는 김치찌개였다. 꽁치가 들어간 꽁치 김치찌개. 윌리에게는 가시와 기름을 제거한 꽁치를 내주었다.

"우리야. 저 친구는 주인이 있을 수도 있으니까 내일 전단지 같은
거라도 만들어서 붙여보자."

대답하지 않고 밥만 먹는 나를 보며 엄마, 아빠가 눈빛을 주고받는
게 느껴졌다. 오랜만에 먹는 김치찌개는 기억 속 맛과 똑같았다. 급하
게 먹는 나를 보고 엄마가 물을 따라주었다.

"체하겠다. 아무도 안 뺏어 먹으니까 천천히 먹어."

목이 메어서 건네주는 물을 단번에 들이켰다. 식사하는 동안 물만
세 잔을 넘게 마셨다. 식사를 마치고 다 같이 거실 소파에 둘러앉아
간식을 먹으며 티비를 보았다. 영화관에서 보려고 했으나 타이밍을
놓쳐 보지 못한 영화였다. 두 시간이 쏜살같이 지나가고 엔딩 크레딧
이 올라왔다.

"영화관에서 보면 더 좋을 뻔했는데 아쉽네."

"그러게. 다음에는 꼭 영화관에서 보자. 우리도 좋지?"

"…응."

갈라지는 목소리를 들킬까 봐 답을 길게 하지 못했다. 괜스레 눈을
비비는 나를 윌리가 곧은 눈망울을 하고 바라보았다. 그런 윌리를 마
주하고 나니 지금 이 순간이 후회로 남게 될까 봐 두려워졌다. 자리에
서 벌떡 일어나 테이블 정리를 끝내고 거실로 오는 아빠의 발등에 내
발을 올려 매달렸다. 아빠는 그런 나를 안고 티비에서 흘러나오는 엔
딩곡에 몸을 맡겼다. 그 모습을 지켜보던 엄마도 뒤늦게 리듬을 탔다.
윌리도 우리 주변을 돌며 꼬리를 흔들었다.

거실에서 웃음소리가 끊이지 않았다. 우리는 엔딩 크레딧이 다 올

라갈 때까지 춤을 추었다. 시간은 어느덧 늦은 밤이 되어 있었다. 엄마는 잠자리에 들기 전에 나에게 감기약을 먹였다. 이제 커다란 알약을 삼키는 것쯤은 아무런 문제가 되지 않았다. 그런 나를 보는 엄마의 표정이 어딘가 모르게 섭섭해 보였다.

거실에 이불을 펼치고 세 명의 사람과 한 마리의 개가 나란히 누웠다. 반쯤 열어둔 베란다 창에서 선선한 바람이 불어왔다. 낮에 널어둔 빨래에서 포근한 향이 퍼졌다. 구름 한 점 없이 청명한 하늘에서 보름달이 밝게 빛났다. 곁에 누운 엄마와 아빠가 규칙적인 숨소리를 냈다. 끝에 있던 윌리가 움직이는 기척이 느껴졌다. 창밖을 보던 눈길을 윌리에게 돌렸다. 윌리는 또 그런 표정을 짓고 있었다. 말하지 않아도 알아주길 바라는 표정. 등을 돌리는 나에게 윌리가 다가와 초조한 기색으로 잠옷 소매를 물어 당겼다.

숨을 크게 내쉬었다. 마지막이 될 엄마와 아빠의 얼굴을 찬찬히 살폈다. 조심스럽게 끌어안는 나를 잠결에도 마주 안아 도닥여주었다. 터질 듯한 심장을 눌러 잡고 떨어지지 않는 발길을 돌렸다.

소리가 나지 않도록 천천히 중문을 여닫고 신발장에서 운동화를 꺼내 신었다. 아쉬움을 이기지 못하고 뒤를 돌아보았다. 평온한 얼굴을 한 엄마와 아빠를 달빛이 은근하게 감싸고 있었다. 잠시 그 모습을 바라보다가 망설임 없이 현관문을 열고 나왔다. 윌리가 먼저 나온 내 옆을 스쳐 지나갔다. 등 뒤에서 작은 문이 삐걱거리는 소리가 들렸다. 동시에 잊으려 애썼던 기억이 물밀듯이 밀려왔다.

*

　요즘따라 부쩍 아파트의 화재경보기가 오작동을 하는 일이 잦았다. 방금도 조금 전에 울렸던 화재경보기에 대한 안내방송이 흘러나왔다. 장마철에는 습도가 높아져서 오작동하는 경우가 종종 생긴다는 얘기였다. 덕분에 주민들의 안전불감증이 더 심해지는 것 같았다. 오늘만 해도 요란하게 울리는 경보기 소리를 듣고 대피하는 사람들은 거의 없었다.

　거실에서 담배를 피우는 아빠에게 잔소리하는 엄마의 목소리가 들렸다. 능글맞게 애교를 부리던 아빠는 결국 베란다로 내쫓겼다. 담배 냄새가 창문 틈을 통해 내 방까지 타고 들어왔다. 기침을 하면서도 담배를 피우는 아빠를 이해하기 어려웠다. 그렇지만 잔소리를 보태고 싶진 않았다. 내가 알아챈 티가 나지 않도록 이불을 머리끝까지 올려 덮었다.

　숨쉬기가 어려워 눈을 떴다. 깜빡 잠이 들어버린 모양이었다. 견디기 버거운 답답함에 이불을 걷어냈다. 그런데 방 안이 온통 매캐한 연기로 가득했다. 놀라 들이마신 숨에 연기가 섞여 들어왔다. 코가 매워서 눈물이 났다.

　그때 방문이 벌컥 열렸다. 문고리를 부서질 듯이 잡고 있는 사람은 엄마였다. 깨어있는 나를 보고 잠시나마 안도하는 기색을 비쳤다. 침대에서 내려가려다 협탁 위에 있던 화병을 쳤다. 흩어진 꽃잎이 방바닥을 어질렀다. 젖어버린 한쪽 팔을 들어 얼굴을 닦았다. 엄마가 깨진 유리 조각을 발로 밀어내고 나를 들쳐 안았다.

"아빠는?"

얼굴을 감싼 팔의 근육이 긴장되는 게 여실히 느껴졌다. 뿌연 안갯속에서도 흔들리는 엄마의 눈동자는 선명했다. 대답 없는 엄마의 목을 끌어안았다. 거실이나 복도는 화병이 깨진 내 방과는 비교할 수 없을 정도로 정신없었다. 혼비백산한 틈에서도 엄마는 끝까지 나를 놓치지 않았다. 우리는 비상계단을 통해 가까스로 아파트 밖으로 빠져나왔다. 때마침 하늘에서 비가 내렸다. 거친 숨소리를 내던 엄마가 웃으며 말했다.

"우리가 좋아하는 비가 오네. 다행이다……"

나를 단단하게 붙들고 있던 팔에 힘이 풀리는 게 느껴졌다. 쓰러지는 엄마의 품에 안긴 채 그대로 기절했다. 희미해지는 의식 사이로 몰려드는 사람들의 발걸음 소리가 들렸다.

*

머리 위로 비가 쏟아졌다. 그제야 나는 꾹꾹 눌러 담았던 울음을 토해냈다. 세차게 내리는 빗줄기에 울음소리가 묻히고 눈물이 씻겨 내렸다. 견고하게 쌓은 줄 알았던 댐이 비를 타고 끝 간 데 없이 무너져 내렸다. 댐 안에 갇혀 있던 다양한 생태가 드디어 자유를 되찾았다.

먹구름이 지나가고 영원 같던 소나기가 그쳤다. 울창한 나뭇잎 사이의 빈틈으로 아침 햇살이 젖은 귤색 지붕을 환하게 비추었다. 그 옆엔 언제나처럼 윌리가 있었다.

집으로 돌아가자 외할머니가 마당에서 우리를 기다리고 있었다. 두 팔을 벌리는 외할머니의 품에 기꺼이 달려가 안겼다.

"그럼 이번 겨울방학부터 봄방학까지 쭉 여기서 지낼 거야?"

"응."

"이모 바빠서 중간에 데리러 오라고 해도 못 올 수도 있어. 괜찮겠어?"

"상관없어."

"너 이모보다 외할머니가 더 좋지."

나잇값도 못 하고 삐죽 튀어나온 이모의 입이 웃겼다. 안타깝게도 지금 내 머릿속은 외할머니 집에 대한 생각뿐이었다. 산골 여기저기를 윌리와 탐험할 계획에 의자에 가만히 앉아있기가 힘들었다. 사시사철 아름다움을 뽐낼 것이 자명한 그곳의 겨울이 너무 기대됐다. 게다가 거실에서는 벽난로가 사방을 훈훈하게 데우고 있을 것이었다.

온통 새하얀 눈밭의 끝자락에서 손을 흔드는 외할머니가 보였다. 늦여름 내내 외할머니의 손 위에서 구른 털모자를 눌러썼다. 뒤이어 목도리도 두르고 장갑도 꼈다. 산골의 강추위에 대비해 단단히 무장한 상태로 차에서 내렸다. 하얗게 빛나는 눈밭 사이로 윌리가 우리를 향해 뛰어왔다. 눈이 부셨다.

재능 상점

이서연

이서연　안녕하세요. '재능 상점' 작가 이서연입니다.

어린 시절을 이미 한 번 지나친 제가 어린 시절을 지나치는 아이들에게 해주고 싶은

이야기를 담았습니다. 그리고 성인이 되어 또 다른 어린 시절을 보내고 있는 제게도

전하고 싶은 이야기이기도 합니다. 인생을 살아가면서 중요한 것은 너무 많지만, 그

것들 사이에서도 가장 중요한 것은 어김없이 행복이라고 생각했기에. 아이들이 자신

만의 행복을 부디 절망에 지지 않고 찾아갈 수 있기를 바라며 이야기를 써보았습니

다. 저와 아이들 뿐 아니라, 재능 상점을 읽는 모든 분들이 각자의 행복을 느끼며 살아

갈 수 있기를 소망합니다. 부족한 작품, 뜻이 잘 전달되었길 바라며, 읽어주셔서 감사

합니다.

인스타그램: @_writeseo_02

"다 썼어?"

아이들을 감시하듯 교실을 돌아다니던 선생님이 내 자리 앞에 우뚝 섰다. 나는 서둘러 채우지 못한 학습지를 가렸다. 상냥한 선생님의 말투에도 몸이 긴장했다. 내 빈 학습지를 들킨다면 분명 그냥 넘어가진 않을 것이다. 나는 급하게 고개를 끄덕였다. 얼른 다른 아이에게 가길 바랐다.

"선생님이 조금 봐도 될까?"

애석하게도, 선생님은 그냥 넘어갈 생각이 없다. 선생님이 허리를 살짝 기울여 내 책상에 한 손을 얹었다. 학습지를 가린 손을 치우라는 신호였다. 나는 어쩔 수 없이 손을 천천히 책상 아래로 내렸다. 이름만 겨우 써진 허전한 자기소개서가 드러났다. 좋아하는 것과 잘 하는 것, 장래희망을 써야하는 칸들을 나는 채울 수 없었다. 어렸을 땐 나도 분명 하고 싶은 것이 많았다. 그래서 무엇이든 되는 대로 도전했는데, 실패하고, 실패하고, 또 실패했다. 도전할 수 있는 것이 얼마 남지 않게 되자, 나는 내가 잘하는 게 없다는 것을 깨달았다. 볼 것 없는 학습지를 선생님은 빤히 보더니 무릎을 굽혀 내게 더 가까이 다가왔다. 선생님이 작은 목소리로 속삭이듯이 물었다.

"쓰기 힘들면, 좋아하는 것만 써도 돼. 사소한 거라도 좋아."

"좋아하는 것도 없어요… 잘 하는 게 없, 없어서…"

선생님이 내 앞에 섰을 때부터 예상했던 반응이었다. 그래서 속으로 어떻게 대답할 지 연습도 했는데, 바보같이 말을 더듬어 버렸다. 괜히 더 주눅들었다.

"음… 선생님 기억엔 혜원이 좋아하는 거 많았던 거 같은데. 재작년에 뮤지컬 방과 후 할 때도 엄청 열심히 했잖아."

"그것도…! 저는 못했잖아요… 이젠 재미없어요."

뮤지컬 방과 후 이야기에 순간 얼굴이 화끈거렸다. 안 좋은 기억이 떠올랐기 때문이었다.

3학년 때 가입한 뮤지컬 방과 후에는 지금의 담임 선생님이 계셨다. 한 반에 20명 정도 있었는데, 대부분 4학년이고 3학년은 나 포함 5명뿐이었다. 어렸을 때부터 좋아했던 뮤지컬이라 더욱 열심히 했었다. 배역 오디션을 보는 날 나는 모두의 앞에서 연기와 노래를 했다. 엄청 떨렸지만, 열심히 연습한 만큼 잘 해내고 싶었다. 그런데 내가 노래를 시작할 때 다른 아이들이 피식, 피식 웃는 소리가 들렸다. 목소리가 점점 떨렸다. 그러다 누군가 '네~ 탈락입니다!' 하고 소리쳤다. 그와 동시에 아이들이 큰 소리로 비웃었다. 심장이 엄청나게 빠르게 뛰었고, 온몸이 떨렸다. 눈물이 왈칵 쏟아질 것만 같아서 입을 꾹 다물었다. 선생님이 아이들을 나무라며 내게 괜찮다, 말해주었지만 나는 무대를 마치지 못했다. 다른 아이들의 무대가 모두 끝나고 선생님이 내게 다시 발표를 권했지만, 나는 하지 않았다. 아이들이 또 비웃을 것이 뻔했기 때문이었다.

선생님이 정말로 이걸 기억하고 있다면, 이야기를 꺼내지 말았어야 했다. 어떻게 그런 부끄러운 과거를 대놓고 말 할 수가 있을까? 선생님이 무심하게만 보였다.

"혜원아, 이따가 수업 끝나고 선생님이랑 잠깐 이야기할까?"

내 귓속 가까이에서 선생님이 속삭였다. 이 또한 신호였다. 방과 후 지금 일에 대해 따질 테니 도망갈 생각 말라는 뜻이었다. 나는 툭 튀어나올 뻔한 한숨을 속에서 내쉬었다. 속상한 마음에 대답도 하지 않았다. 선생님이 몸을 일으키고 나를 지나쳐 갔다. 그제야 굳어 있던 몸이 풀리는 기분이었다. 학습지를 가리면서 책상에 고개를 박고 엎드렸다. 방과 후에 혼날 걸 생각하니 마음이 무거웠다.

"안녕히 계세요!"

아이들이 일제히 가방을 챙기고 교실문을 나섰다. 나만 멀뚱히 자리에 앉아 있다. 선생님이 내게 손짓하며 교탁으로 불렀다. 나는 교탁으로 가 선생님과 마주보고 앉았다. 선생님이 오렌지 주스를 건네 주며 말했다.

"혜원아 혹시 '재능 상점'이라고 들어봤니?"

뜬금없는 선생님의 말에 나는 어리둥절해 고개를 저었다. 선생님이 싱긋 웃으며 말을 덧붙였다.

"재능 상점은 인간이 재능을 선물 받는 곳이야. 모든 인간에겐 총 3번의 삶이 있는데, 태어나기 전에 재능 상점이란 곳에 들러서 상점 주인으로부터 원하는 재능을 선물 받게 돼."

만화 속에서나 나올 것 같은 설정에 나도 모르게 코웃음을 쳤다. 그런 곳이 정말 있다면, 나도 사고 싶은 재능이 있었다. 원하는 재능을 갖고 있다는 생각을 하니 허황된 말에도 괜스레 기분이 좋았다.

"그런 곳이 진짜 있었으면 좋겠어요."

"너도 그곳에 갔었어. 네가 기억을 못할 뿐이지."

장난스러운 내용을 선생님은 장난기 쏙 빼고 말했다. 그 모습이 나는 조금 당황스러웠다. 선생님은 나도 그곳에서 재능을 선물 받았다고 말했다. 상점 주인이 우리가 태어나면서 재능 상점에 대한 기억을 지웠기 때문에 기억하지 못하는 것이라고 했다.

"기껏 재능을 선물하고 왜 기억을 지우는 거죠?"

"상점 주인은 재능이 아이의 인생을 결정짓지 않기를 바랐거든."

선생님은 계속 아리송한 말을 늘어놓았다. 이해가지 않는 말에 할 말을 잃고 벙 졌다. 선생님은 미소를 머금고 이야기를 이어갔다.

"이건 한 아이가 첫 번째 삶을 앞두고 재능 상점에 갔을 때의 이야기야."

"어서 오렴."

보이지 않는 문의 테두리가 빛나면서 문이 열리고, 한 아이가 들어

왔어. 상점 주인은 포근한 미소로 아이를 반겼지. 아이는 제 스스로 문을 열고 들어온 이 곳이 신기한 듯 동그란 눈을 이리저리 굴리며 두리번거렸어.

"너는 이 곳에 처음 왔구나. 자, 이리 와서 앉으렴."

상점 주인이 한 손을 들어 오른쪽에서 왼쪽으로 손짓을 했어. 그러자 테이블에 예쁜 분홍빛의 차가 두 잔 놓였지. 눈 앞의 놀라운 광경에 아이는 두 눈이 커져선 활짝 웃으며 테이블로 도도도 달려가 앉았어. 상점 주인도 흐뭇하게 웃으며 아이의 맞은편에 앉았지.

"색이 너무 예뻐요."

아이가 분홍빛 차를 두 손으로 쥐고 홀짝이며 말했어.

"꼭 너를 닮았지?"

"저도 이렇게 예쁜가요?"

"물론이지. 세상에 예쁘지 않은 사람은 없단다. 어때, 나도 예쁘지 않니?"

"음… 잘 모르겠어요. 그런데 여긴 어디예요?"

아이는 차를 한 모금 마시곤 물었어.

"너처럼 곧 태어날 아이들이 재능을 선물 받는 곳이란다."

"태어나는 게 뭐죠? 재능은 또 뭐구요."

"태어난다는 건 세상 속에서 너의 삶을 살아간다는 뜻이야. 재능은 네 삶 속에서 너를 특별하게 해주는 것이지."

상점 주인은 재능 상점에 관한 설명을 해주었어. 원하는 재능을 선택할 수 있고, 태어나게 되면 재능 상점에 대한 기억을 잃는 것, 하나의 삶을 마치고 재능 상점에 돌아오면 전생과 잊었던 기억이 돌아오는 것까지 말이야. 그리곤 재능은 삶에 큰 영향을 줄 테니, 신중하게 선택하라고 했지.

"어떤 영향을 주는 데요?"

"그건 네가 어떤 삶을 사는 지에 달렸지."

아이는 상점 주인의 대답이 아리송했지만, 더 묻지 않았어. 그 대신 자신이 받고 싶은 재능에 대해 생각했지. 아이는 재능이 무엇인지 아직 잘 모르겠지만, 무언가 중요한 것 같았어. 그래서 더 쉽게 선택할 수 없었지.

"어떤 재능이 좋은 거예요?"

"재능은 좋고, 나쁜 게 없어."

"그럼 잘 살려면 어떤 재능이 필요하죠?"

"그런 건 재능이 정해주는 게 아니란다."

아이는 상점 주인의 대답이 마음에 들지 않았어. 정확하지 않고 모호한 게 답답하기만 했지. 아이의 미간이 저절로 찡그려졌어. 깊은 고민에 잠긴 듯 아이는 끄응… 하는 소리를 내며 분홍빛 차를 뚫어져라 쳐다보았지. 상점 주인은 아이의 속마음을 들여다보기라도 한 듯 살포시 웃으며 아이에게 말했어.

"처음이라 선택하기 버거운가 보구나. 네게 도움이 될 만한 이야기가 있는데, 들어보겠니?"

"어떤 이야기인데요?"

"네가 오기 전에 이 곳 재능 상점을 찾아온 다른 아이들의 이야기지."

아이는 그제야 밝게 웃었어. 잔뜩 기대감이 부푼 아이가 세차게 끄덕이며 얼른 이야기해 달라고 상점 주인을 재촉했지. 상점 주인이 허허, 웃으며 이야기를 시작했어.

어느 날, 한 아이가 첫 번째 삶을 마치고 재능 상점에 찾아왔대. 그 애는 처음 재능 상점에 왔을 때 '아주 아주 예쁜 얼굴'을 재능으로 골랐었어. 예쁜 얼굴로 사랑받는 삶을 기대했거든. 처음 재능을 선물 받고 굉장히 설레어 하며 인간 세상으로 내려갔었지. 그런데 다시 찾아온 그 애는 금방이라도 울 것 같은 표정이었어. 눈가와 코가 잔뜩 빨개진 얼굴을 보고 상점 주인은 이 애가 이미 울음을 토해냈다는 걸 눈치챘지. 상점 주인이 아이에게 마음을 안정시키는 푸른 빛의 차를 내주었어. 자리에 아이를 앉히고 마주 앉은 상점 주인이 아이에게 물었어.

"괜찮니?"

"아니요. 전혀요! 저요, 이번에는요, 엄청 엄청 센 힘을 갖고 싶어요. 막, 누구에게도 지지 않을 만큼, 싸움도 잘할 수 있게요!"

처음 수줍게 웃으며 재능을 고르던 아이의 모습은 온데간데없었어. 상점 주인은 독기를 품은 아이의 눈을 보니 안쓰러웠지. 다른 아이들과 마찬가지로 이 아이도 처음 재능 상점을 떠날 때, 상점 주인과 약속한 게 있었거든. 다시 돌아왔을 때, 웃으며 지난 삶의 이야기를 들려주는 거였어. 그런데 이 아이는 울고, 화를 내고 있었어. 상점 주인은 어떤 것이 아이를 이리도 아프게 하는 지 알고 싶었어. 조심스럽게 아이의 이야기에 서두를 열어보았지.

"네가 원한다면 그리 하마. 하지만 난 네가 원망보단 희망을 품고 재능을 선택했으면 좋겠구나."

"희망을 품을 수가 없는 삶이었단 말이에요! 다들 날 함부로 대했어요. 내 예쁜 얼굴만 보고 나를 싫어하거나 사랑한다면서 괴롭히기만 했단 말이에요…"

아이는 왈칵 울음을 터뜨렸어. 상점 주인이 아이에게 푸른빛 차를 권했지. 아이는 차를 급하게 들이켜더니 한숨을 푹 내쉬고 지난 삶에 대한 이야기를 했어.

아이는 예쁜 얼굴로 태어나 어릴 때부터 주목을 받았대. 남녀노소할 것 없이 아이에게 친절했지. 고등학생 땐 모델 아르바이트도 하고, 고백도 많이 받았지. 그런데 아이에게 거절당하고 반감을 품은 사람들이 점점 늘어났어. 그 중엔 어긋난 마음으로 아이에게 사랑을 강요하는 사람도 있었지. 그 뿐 아니라 아이의 인형 같은 외모를 이용하려는 사람들도 있었어. 아이는 마치 바비 인형이 된 거 같은 삶을 살아야 했지. 그런 나쁜 사람들 때문에 아이는 사랑하는 사람과도 헤어져야 했어. 다행히도 사랑하는 사람과는 나중에 다시 만나 행복한 가정을 꾸릴 수 있었어. 하지만 아이는 삶의 대부분을 예쁜 외모 탓에 이리저리 이용당했던 거야. 그리고 아이에겐 사랑하는 사람과의 추억보다 그런 아픈 기억이 더 진하게 남았던 거지.

"사람들은 예쁜 걸 좋아하면서 저를 괴롭히기만 했어요. 제가 대체 뭘 잘못한 거죠?"

아이가 울면서 말했어. 상점 주인이 아이의 머리를 살며시 쓰다듬어 주었지.

"너는 잘못한 게 없단다. 사람들은 채우지 못한 욕구에 대해 때론 이기적이게 변하곤 해."

"저는 그냥 사랑하는 사람이랑 행복하게 살고 싶었어요. 정말 그뿐이었는데…"

아이는 분명 사랑하는 사람과 행복했던 적이 있지만, 인지하지 못했어. 상점 주인은 그게 안타까웠지. 하지만 굳이 아이에게 말해주진 않았어. 모든 삶에선 행복과 불행을 모두 경험하지만, 무엇을 더 크게 느끼는 지는 사람마다 다르다는 걸 상점 주인은 알고 있었기 때문이야.

"강한 힘을 타고나면 어떤 삶을 살고 싶니? 다시 태어날 땐 전생의 기억도 잊게 될 텐데."

"몰라요. 그냥 지난 삶처럼 마냥 당하면서 살고 싶지 않아요."

아이는 확고한 의지를 가지고 말했어. 상점 주인은 어떤 말을 해도 아이의 선택을 바꿀 수 없겠다는 생각이 들었지.

"그래, 네가 원하는 재능을 선물 하마. 하지만 얘야, 이것 하나는 알아주렴. 예쁜 얼굴을 타고난 삶이 네 기대와 달랐던 것처럼 강한 힘을 타고난 삶도 네 기대와 다를 수 있단다."

"그럼 저는 뭘 선택해야 행복할 수 있는 건데요?"

"행복은 재능과 상관없이 모든 삶에 있어. 다만, 그것을 얼마나 느끼는 지는 너에게 달렸지."

아이는 여전히 눈물을 머금은 눈망울로 상점 주인을 바라보았어.

상점 주인은 싱긋 웃으며 인자한 웃음을 내비쳤어. 아이의 슬픔을 조금이라도 덜어주려는 마음이었지. 아이가 상점 주인의 말을 되뇌듯 눈을 몇 번 끔뻑였어. 그리곤 코를 훌쩍이며 눈물을 닦았지. 그러곤 푸른빛 차를 남김없이 마셨어.

"이번 생엔 삶 속의 행복을 충분히 느낄 수 있기를 바란다."

아이가 상점 주인의 말을 듣고 자리에서 일어나 상점 주인의 앞에 섰어. 두 손을 앞으로 모아 꾸벅, 고개 숙여 인사했지.

"감사합니다."

상점 주인도 웃으며 아이를 배웅해주었어. 뒤 돌아 다시 한번 인간 세상으로 내려가는 아이를 바라보며 진심으로 행복을 바랐지.

재능 상점의 이야기를 하는 선생님 뒤로 하늘이 점점 주황빛으로 물들어갔다. 나는 예쁜 얼굴을 타고났다는 아이를 이해할 수 없었다. 내가 만약 아주 예뻤다면 연예인을 했을 것이다. 화려한 무대 위에서 빛나는 사람이 되는 것이다. 사람들에게 감동을 주는 그런 사람이 되어 사랑받는 삶을 살았을 것이다. 또 결국 사랑하는 사람과 행복한 가정을 꾸렸으면서도 불행했던 것만 기억하다니. 나는 아이가 멍청하다고 생각했다.

"꿈을 이뤘으면서 불행밖에 기억하지 못하다니, 바보 같아요. 저라면 행복했던 기억만 떠오를 것 같은데."

"행복과 불행을 모두 고스란히 느낀 아이도 있었어. 이 애는 마지막 삶을 남겨두고 재능 상점에 왔어. 처음엔 무덤덤한 표정으로 재능 상점에 와서는 더 이상 원하는 재능이 없다고 말했지."

"원하는 재능이 없다고요? 대체 왜요?"

"선생님도 처음 이 아이에 대해 들었을 때, 이해하기 힘들었어. 하지만 상점 주인은 이 애가 두 번의 삶을 통해 아주 중요한 걸 깨달은 것이라고 말했지. 이 애가 바로 상점 주인이 재능을 고민하던 아이에게 이야기해 준 두 번째 아이야."

음, 우선 아이가 두 번째로 재능 상점에 왔을 때의 이야기를 잠깐 해줄게.

처음에 타고난 운동 신경을 선물 받았던 아이는 올림픽에도 나간 육상 선수의 삶을 살았어. 하지만 첫 번째 삶에서 아이는 가족들을 위해 꿈을 포기해야 했어. 운동만 하기엔 당시 아이의 집은 너무 가난했거든. 아이는 운동보다 살림을 거드는 것을 우선시해야 했어. 그러던 중 도전하게 된 올림픽은 아이의 마지막 야망이자, 희망이었지. 그런데 하필이면 올림픽에 출전했을 때 아이는 어머니의 부고를 전해 듣게 되었어. 가족들은 아이를 원망했고, 아이는 죄책감을 느끼며 꿈을 완전히 포기해버린 거야. 그 후 아이는 고시 공부를 해서 중학교 체육 교사가 되어 삶을 살았어. 가족들을 생각해 안정적인 직업을 선택했던 거야.

이야기를 마친 아이는 재물을 끌어 모으는 능력을 바랐어. 상점 주인은 아이가 속상해하는 것 같아 마음이 안 좋았지. 상점 주인이 아이에게 무슨 말을 해주어야 위로가 될까, 하고 가만히 생각에 잠겼어.

아이는 그런 상점 주인을 보고 싱긋 웃었지.

"그래도 제 삶이 만족스럽지 못한 건 아니예요. 꿈을 포기해야 했지만, 가족들과 함께 충분히 행복했어요. 체육 선생님이 된 후에 어린 아이들을 가르치는 것도 즐거웠고요."

상점 주인은 안심하며 흐뭇한 미소를 지었어. 자신의 생각보다 아이가 삶에서의 행복을 잘 찾았다는 걸 알고 뿌듯했던 거지. 그렇게 재물을 끌어 모으는 능력을 재능으로 선물 받고 아이는 다시 세상으로 내려갔어. 그리고 이제 마지막 삶을 남겨두고 아이는 다시 재능 상점에 온 거야. 상점 주인은 아이의 웃음기 없는 얼굴을 보더니 보랏빛 차를 내주었어. 그리고 조심스럽게 물었지.

"음… 혹시 이번에도 꿈을 포기해야 했던 거니?"

"그건 아니예요. 오히려 반대죠. 이번엔 꿈을 이뤘거든요."

아이는 보랏빛 차를 한 모금 마시곤 이야기를 이었어.

"꿈은 이뤘지만, 부자가 되는 것에 눈이 멀어 가족과의 인연을 끊어버렸어요. 꿈을 이룬 후엔 곁에 남은 사람이 없었죠. 그게 생각보다 저를 힘들게 하더라고요…"

재물을 끌어 모으는 재능을 타고났던 아이는 물욕이 많았어. 돈을 벌 수 있는 일이라면 가리지 않고 행했는데, 그 중엔 불법도 있었지. 가족들은 아이가 바른 사람이 되길 바랐기에 어긋나는 아이를 말렸어. 아이는 가족들이 자신을 방해한다고 생각했지. 그 생각이 아이에겐 독이 된 거야. 사람은 혼자서는 살아갈 수 없는 존재야. 그런데 아이는 친구나 가족 따위 필요 없다며 자만해버렸지. 꿈을 이룬 아이는 큰 부를 손에 쥐었지만, 고독과 외로움에 점점 망가졌어. 그리고 결국 자신의 잘못된 선택을 크게 후회했지. 하지만 그 땐 이미 너무 늦어버려서 되돌릴 수 있는 것이 없었어.

"다시 이곳에 오면서 기억이 돌아왔을 때 알았어요. 재능은 내 행복을 보장해주지 않는 구나. 하고요. 왜냐면 꿈을 포기했을 때가 오히려 더 행복했거든요."

"그렇지. 재능은 그저 존재할 뿐이란다. 삶의 모든 것은 네가 결정하는 거야."

상점 주인은 살포시 웃으며 차를 마셨어. 정 반대의 두 삶을 지나 아이가 중요한 것을 깨달았다는 걸 눈치챘지. 상점 주인은 아이가 첫 번째 삶을 마치고 돌아왔을 때를 떠올렸어. 그때 아이는 가장 먼저 어머니를 찾았어. 꼭 전하고 싶은 말이 있다면서 한 번만 만나게 해달라고 부탁했지. 하지만 상점 주인에게 그런 능력은 없었어. 아이는 허탈한 듯 자리에 털썩 앉았지. 상점 주인이 아이에게 물었어.

"어떤 말을 하고 싶었니?"

"그냥… 미안하다고, 엄마가 돌아가실 때 곁을 지키지 못했거든요. 그리고 남은 가족들은 내가 잘 챙겼으니 걱정하지 말라고…"

아이에게 마지막까지 남았던 감정은 가족에 대한 죄책감이었던 거야. 아이가 두 번째 재능으로 재물을 끌어 모으는 능력을 선택한 것도 가족들을 좀 더 잘 챙겨주고자 함이었어. 상점 주인은 이 아이의 천성이 선하다는 걸 알고 있었지. 아이가 두 번째 삶에서 결국 후회한 것도 선한 마음이 존재했기에 가능했던 일이라고 생각했어. 상점 주인은 흐뭇한 미소를 지으며 눈 앞의 아이를 바라보았어. 아이는 차를 홀짝이고 있었지.

"그래, 아무 재능이나 달라고? 하지만 난 너희에게 재능을 추천하지 않는 단다. 재능은 네가 선택해야 해."

"음… 밥을 잘 먹는 것도 재능인가요?"

"물론이지."

"그럼 그걸로 할래요."

"하하. 그래. 마지막 삶은 어떻게 살고 싶니?"

"그건 태어난 후에 생각해 볼래요. 여기서 마음을 먹는다고 그렇게 살아지는 것도 아니니까요. 그냥 여전히 저는 행복하고 싶어요."

상점 주인은 아이에게 밥 잘 먹는 재능을 선물했어. 아이가 차를 마저 다 마시고 자리에서 일어나 인사했지.

"그동안 감사했습니다. 건강하세요."

"자, 이제 네가 선택할 차례란다."

아이는 말똥말똥한 눈으로 상점 주인을 쳐다보고 있었어. 어느새 아이의 찻잔은 비어있었지. 상점 주인의 이야기를 들은 아이는 재능이 별로 중요하지 않게 느껴졌어. 이야기 속 아이들의 삶이 힘들었던 것도, 행복했던 것도 재능 때문이 아닌 것 같았거든. 아이는 어떤 재능을 선택해야 행복할 수 있을 지 더욱 알 수 없었어. 하지만 마지막 삶을 향하며 행복하고 싶다고 말했던 아이처럼 어떤 재능을 선물 받아도 행복하게 살고 싶었지. 세상이 어떤 곳인 지 알 수 있다면, 좀 더 좋은 선택을 할 수 있을 것 같았어. 그래서 아이는 상점 주인에게 물었지.

"세상은 어떤 곳인가요?"

"다채로운 곳이지. 세상에 있는 사람의 수만큼 다양한 삶이 있단다. 그 삶들 속에 다양한 일이 있고, 감정이 있지. 그것들이 모두 모여 세상을 이룬단다."

"음… 알 수 없는 곳이군요. 이곳 보다도요. 제가 세상에 적응하지 못하면 어떡하죠?"

"너무 걱정 마렴. 세상에 적응할 필욘 없어. 넌 그냥 너의 삶을 살면 된단다."

아이는 세상을 살아가는 자신의 모습을 상상해 보았어. 파란 하늘 아래 드넓은 세상 속을 거닐며 환하게 웃고 있는 모습이 떠올랐지. 세상의 다양한 것들을 보고, 다양한 사람들과 어울려 살아가. 생기가 넘치고, 활기차 보였어. 아이는 자신이 그런 모습으로 살아갔으면 좋겠다고 생각했어. 그리고 드디어 자신의 첫 번째 재능을 결정했지.

"열정으로 할래요."

"좋은 재능이구나. 왜 그 재능을 골랐니?"

"저는 아직 세상이 어떤 곳인지 몰라요. 하지만 그 세상 속에서 저는 분명 행복하고 싶어요. 그런데 또 뭘 어떻게 해야 행복한 지도 모르겠어요. 그래서 세상에 내려간 내가 무엇을 하게 되든 그걸 열정적으로 하려고요. 제가 하게 되는 게 제가 선택한 행복일 테니까요."

"참 좋은 이유구나. 그래. 네게 열정을 재능으로 선물하마."

아이는 환하게 웃으며 감사하다고 인사했어. 그리곤 자리에서 일어나 인간 세상에 태어나기 위해 걸음을 떼었지. 상점 주인은 흐뭇하게 웃으며 아이의 행복을 바랐어.

"그렇게 태어난 아이는 자기 재능을 맘껏 발휘하며 열정적으로 살고 있대."

이야기를 마치고 선생님은 나를 지그시 바라보았다. 열정을 선물받은 그 아이는 어떤 일을 하고 있을 지 궁금했다. 열정은 너무도 광범위한 재능인 것 같았기 때문이다.

"그 애는 지금 뭘 하고 있어요?"

"다양한 것들에 도전하며 제 길을 열정적으로 걸어가고 있지."

"그 애는 몇 살인데요?"

"음~ 혜원이 너도 아는 애야."

"정말요? 우리 학교예요? 누군데요?"

"그건 말해 줄 수 없어. 하지만 그 애는 정말 열정적으로 살고 있었지."

자기 재능을 알아차린 아이가 내 또래라는 건 조금 놀라웠다. 나는 그렇게 다양한 것을 해보았는데도 재능을 찾지 못했기 때문이었다. 벌써 재능을 찾은 그 아이가 부러우면서 여태 찾지 못한 내가 보잘 것 없이 느껴졌다. 고개가 절로 푹 숙여졌다. 선생님의 시선이 느껴졌다. 아마도 선생님은 재능 상점의 이야기를 통해서 내가 무언가 깨닫기를 바랐을 것이다. 하지만 나는 이야기를 듣고 바로 무언가를 깨달을 만큼 똑똑한 사람이 아니다.

"선생님 저도 언젠가 제 재능을 발견할 수 있을까요?"

선생님은 아무 말없이 나를 바라보았다. 그게 꼭 '그건 힘들 거야.' 라고 말하는 것 같아 가슴이 먹먹해졌다.

"혜원아, 너는 무엇을 할 때 가장 가슴이 두근거리니?"

"저는…"

선생님의 질문에 나는 오래도록 묵혀 두었던 기억을 꺼냈다.

7살 때 공부방에서 보러 갔던 뮤지컬의 기억이었다. 나는 뮤지컬이 무엇인지도 잘 몰랐지만, 그때의 기억은 내 인생에서 가장 진한 기억이었다. 우리는 2층 가장자리에 앉았다. 공연장 내부는 굉장히 커다랬다. 공연장 불이 꺼지면서 공연이 시작되었다. 처음엔 별 생각 없던 나는 공연이 클라이맥스에 다다를수록 심장의 고동이 커져갔다. 공연이 끝날 때 즈음엔 심장이 터질 듯 두근두근 뛰었다. 그 넓었던 공간을 배우들은 열정으로 가득 채웠다. 그 뜨거운 열정을 나는 그대로 느꼈던 것이다. 조그맣게만 보였던 배우들이 나중에는 엄청나게 커져 나는 그들의 표정 하나, 동작 하나를 눈에 새길 수 있었다. 솔직히 그때 본 뮤지컬의 내용은 잘 기억나지 않지만, 배우들의 열정만은 내 안 깊은 곳에 진하게 남았다.

그때부터 뮤지컬을 좋아했다. 여러 영상을 찾아보면서 그 마음은 더 켜졌다. 뮤지컬을 배워보고 싶었지만, 마땅히 배울 곳이 없었다. 어릴 때 내가 배웠던 것들의 대부분은 공부방에서 할 수 있는 것이었다. 그게 아니라면 엄마가 무료이거나 적은 수강료로 배울 수 있는 걸 알아봐 주었다. 거기에 뮤지컬은 없었다. 그래서 나는 매번 혼자서 노래를 부르거나, 춤을 추었다. 시끄럽다는 오빠의 언성에도 나는 굴하지 않았었다. 그러다가 초등학교 3학년이 되었을 때 학교에 뮤지컬 방과 후가 있는 걸 알게 된 것이다. 결과는 최악이었지만… 그 이후로 노래는 혼자 있을 때만 불렀다. 그래도 뮤지컬 영상을 찾아보는 건 내 유일한 취미였다. 나는 뮤지컬을 좋아했다.

"저는 뮤지컬이 좋아요. 아직 본 게 하나 밖에 없고, 노래도 못하고, 연기도 못하지만, 그래도…"

나는 겨우 고개를 들어 선생님을 보며 말했다. 선생님은 나를 바라보며 싱긋 웃었다.

"좋아한다면, 그걸로 충분해. 네 꿈이 되기엔 말이야."

선생님은 내 말을 마무리해주듯 말했다. 왈칵 눈물이 차올랐다. 여전히 나는 내 재능을 모른다. 하지만 내가 좋아하는 것, 꿈이 있다는 것을 알았다. 사실은 이미 알고 있었던 것 같다. 그저 내가 나는 할 수 없다고 단정짓고 모른 체하고 있던 것이다. 내게도 분명 어떤 재능이 있을 것이다. 하지만 더 이상 그런 건 중요하지 않았다. 나는 선생님의 이야기 속 아이처럼 세상을 살아가는 내 모습을 떠올려 보았다. 어른이 된 내 모습을. 커다란 무대 위에서 노래를 하고, 또 연기를 하고 있다. 많은 사람들과 어우러져 하나의 무대를 위해 땀을 흘리며 연습을 하고 있다. 조명은 나를 비추고, 사람들은 나를 보며 환호한다. 넓은 공연장이 나의 열정으로 가득 채워져 있다.

여우 언덕

김현

김 현   아이는 전설과 신화에 풍덩 빠졌습니다. 이야기에 흠뻑 젖은 아이는 신화 속 동물이

보이지 않는 건 그들만의 비밀 장소에서 살아가고 있기 때문이라며 상상했습니다.

어른이 된 후에도 그 상상을 이어가고 있습니다. 볼 수 없게 된 동물이 비밀 장소에

서 나오게 될 순간을 기다리는 중입니다.

호수가 사는 마을에는 여우 언덕이라고 불리는 곳이 있다. 완만한 경사가 진 그림에서 나올 법한 언덕인데 또래 아이들이 거기서 자주 놀았다. 여느 때처럼 언덕 위에 있는 커다란 나무 밑에서 쉬던 호수는 고개를 갸웃했다.

왜 여우 언덕일까? 한 번도 생각하지 않았던 의문이 새싹처럼 볼록 튀어나왔다. 매번 놀았지만 이 언덕에 여우를 닮은 곳은 없다. 있는 건 장군처럼 언덕의 나무를 앞에 세우고 펼쳐진 숲뿐이었다. 입술을 오물거리던 호수는 몸을 돌려 할아버지에게 달려갔다.

"할아버지! 왜 저 언덕의 이름이 여우 언덕이에요?"

"으응. 여우가 자주 나타나서 여우 언덕이라고 부르지."

호수는 입술을 삐죽 내밀었다. 호수는 이 동네에 살면서 여러 동물을 봤지만 단 한 번도 여우를 본 적 없었다. 분명 할아버지가 또 호수를 놀리는 게 틀림없었다.

"할아버지는 거짓말쟁이야."

할아버지는 고개를 흔들었다. 그리고 구부러진 손가락으로 언덕을 가리켰다. 할아버지의 눈은 언덕 뒤 숲을 담고 있었지만 호수는 어쩐지 더 먼 곳을 보고 있다고 생각했다.

"참말이여. 할애비가 호수만 할 때 여우가 언덕에서 축제를 벌였어."

호수의 입은 여전히 오리주둥이처럼 튀어나왔다. 할아버지는 부루통한 호수의 얼굴을 보고 한숨을 내쉬었다.

"여서 기다려봐라."

할아버지는 마루에서 일어나 집 안으로 들어갔다. 호수가 고개를 빼꼼 내밀고 방 안을 보았다. 할아버지는 장롱에 있는 상자를 꺼냈다. 예전에 호수가 열려다가 벼락처럼 달려온 할아버지가 호되게 혼내서 건들지도 못한 상자였다. 상자를 연 할아버지는 한참 그 안을 바라보다 느릿느릿 물건을 꺼냈다. 꺼낸 물건을 주름진 손으로 만지작거리던 할아버지가 몸을 돌렸다.

얼마나 대단하기에 그렇게 꼭꼭 숨긴 걸까? 호수는 눈 한번 깜박이지 않고 할아버지의 손을 뚫어져라 보았다. 할아버지는 움켜쥔 양손을 조심스럽게 펼쳤다. 호수는 침을 꿀떡 넘겼다. 그 안에 있던 건 할아버지의 손처럼 세월에 잠겨 손때 묻은 더러운 나무 조각상이 있었다. 가운데에 구멍이 하나 있었고 동물이라는 것 외에는 알아보기 힘들 정도로 닳은 상태였다. 오랜 시간이 흘렀어도 곰팡내 하나 없는 꼴을 보아하니 할아버지의 보물임을 호수는 짐작할 수 있었다.

이딴 조각상이 무슨 관계가 있다고 들고 온 걸까. 호수는 이마에 밭고랑을 만들었다. 할아버지한테 보물일지라도 호수에게는 그저 더러운 조각상에 불과했다. 할아버지는 낡은 조각상을 호수의 손에 넘겼다. 호수는 조각상을 이리저리 보다 뚫린 구멍을 발견했다. 호수는 구멍에 엄지를 쑥 집어넣었다. 구멍이 뻥 뚫려서 반대편으로 엄지가 불쑥 튀어나왔다. 호수가 엄지를 까딱일 때마다 모습이 슬쩍 나타났다가 사라지는 광경이 의외로 재미있었다.

"그게 여우 축제에 들어가게 해주는 물건이여."

호수가 조각상으로 장난을 치고 있을 때 할아버지는 마루에 자리 잡았다. 추억과 그리움을 뽑아 만든 오래된 실타래가 할아버지의 입을 통해 천천히 풀리기 시작했다.

"여우는 머리가 좋아서 축제에 몰래 참여하면 도망가니께."

할아버지는 호수의 손에 있는 조각상을 한 번 바라봤다. 산타 할아버지를 봤다며 이건 비밀이라고 씩 웃던 친구와 달리 할아버지는 웃고 있지 않았지만 어쩐지 호수는 그 친구가 생각났다. 여우 축제는 할아버지의 특별한 비밀일지도 모르겠다.

"조각상을 보여주면 어서 오시오 하면서 환영해주지. 신기하게도 여우가 캥캥 울면서 노래하는데 으찌나 신이 나던지 춤이 절로 나와."

"악기는 없어요?"

호수가 있는 마을에서 벌어지는 작은 축제에 우그러진 꽹과리는 매번 빠지지 않고 요란하게 소리 냈다. 호수는 귀가 쩽쩽 울려도 꽹과리를 치며 춤추던 마을 사람들의 모습을 보았기에 악기 없는 축제를 상상할 수 없었다.

"여우의 목소리는 하나가 아녀. 그걸로 사람을 홀리고 도망치니까.

그러니 악기가 없어도 신나는 노래를 불러."

할아버지는 고개를 하늘로 들고 입을 열었다. 할아버지의 입에서 이상한 소리가 났다. 그건 호수가 입이 아프게 불던 풀피리 소리 같기도 했고 땅을 굴러가는 돌멩이 소리로도 들렸다. 숲에 있는 시냇물 소리처럼 들리기도 했고 낑낑거리는 강아지 소리 같기도 했다. 호수는 이게 무슨 소리인지 알 수 없어 고개를 갸웃거렸다. 호수가 그러고 있을 때 할아버지의 소리가 멈췄다.

"할애비는 여우가 아니라서 이 소리밖에 못녀."

할아버지는 숨을 헉헉대며 땀이 흐르는 목을 매만졌다.

"춤을 추지 않는 여우는 쥐, 꿩, 과일, 토끼, 닭 온갖 걸 사냥해서 가져오지. 축제 때는 모두가 즐겨야 하니께 나눠 먹는 거여."

그러면서 족제비가 뚫은 닭장 구멍을 손짓했다. 할아버지는 예전에는 여우가 저렇게 훔쳐 갔다면서 고얀 놈들이라고 투덜거렸다. 그렇지만 할아버지는 여우를 싫어하는 것처럼 보이지 않았다. 호수가 사고를 치면 꿀밤을 먹일 때 짓는 표정과 똑같았기 때문이다.

"그럼 지금은 왜 여우가 안 보이는 거예요?"

"여우 가죽을 팔려고 사냥꾼들이 잡아갔지. 살아남았어도 저 짝에 살던 노랭이처럼 가버렸어."

호수는 입술을 꾹 깨물며 그날의 기억을 떠올렸다. 작년 가을 쥐를 먹고 길에서 쓰러진 노란 고양이, 노랭이는 몸을 발발 떨다가 붉은 토를 했다. 호수는 할아버지의 바지를 붙잡고 기어이 땅에 머리를 박은 노랭이를 보았다. 할아버지 주변에 있던 어른들이 노랭이를 바라보며 약 먹은 쥐를 먹은 게 틀림없다고 혀를 찼던 모습이 기억난다. 분명 여우도 그렇게 가버린 거다.

"그럼 여우 축제도 없는 거잖아요."

호수는 일부러 볼을 부풀리며 조각상을 던지려다 할아버지의 눈치를 보았다. 상자에 손댄 날 본 도깨비 가면처럼 붉어진 할아버지의 얼굴을 다시 보고 싶지 않았다. 호수는 살그머니 마루에 굴렸다.

조각상이 굴러가며 소리가 났다. 하지만 할아버지는 아무 말도 하지 않으셨다. 오히려 조각상을 보지 않으려는 듯 여우 언덕을 바라보고 계셨다.

"여우는 영악혀서 숨어서 축제를 벌이고 있는 걸지도 몰러."

한숨을 내쉬듯 나온 말은 땅바닥으로 흘러갔다. 호수는 굴러간 조각상을 쥐었다.

정말로 여우가 있는 걸까. 조각상을 만지작거리던 호수는 고개를 들어 여우 언덕을 바라보았다. 그때 호수의 두 눈이 크게 떠졌다. 눈에 보인 그 광경을 믿을 수 없었다. 호수는 재빨리 몸을 일으켜 달려 나갔다. 달려가는 호수의 입꼬리가 올라갔다.

뒤에서 할아버지가 호수를 부르는 소리가 들렸지만 호수는 멈추지 않았다. 푸른 언덕 위에 여우 꼬리가 살랑거리고 있었다! 호수가 잘못 본 걸 수도 있지만 정말이라면 할아버지가 말한 여우일지도 모른다. 정말로 몰래 축제를 준비하는 걸까? 기대에 부푼 심장이 두근두근 노래했다.

호수가 여우 언덕에 도착했을 때 그곳에는 아무것도 없었다. 있는 건 나뭇잎을 흔들며 장난치는 바람뿐이었다. 언덕 위에 있는 나무 뒤를 보고 숲 언저리에 있는 풀숲을 헤쳐도 여우는 보이지 않았다.

"내가 잘못 본 건가?"

호수는 찾다가 지쳐 나무 밑에 풀썩 주저앉았다. 실망이라는 비를 잔뜩 맞은 호수는 아픈 다리를 주물렀다.

"나도 여우 축제하는 걸 보고 싶었는데."

아무래도 할아버지의 말과 달리 숨어서 축제를 여는 여우는 없는 모양이다. 호수는 한숨을 폭 내쉬며 나무에 기댔다. 단단한 나무줄기가 호수의 등을 지지했다. 여우를 보지 못했다며 입을 다문 여우 언덕에 뿔이 난 호수는 발뒤꿈치로 땅을 퍽퍽 내리쳤다. 푸른 풀이 발밑에서 짓이겨지며 갈색 흙과 뒤섞였다.

대체 여우 꼬리는 뭐였을까? 아무리 찾아도 여우 꼬리와 비슷한 건 보지 못했기에 호수는 더 화가 났다. 속여먹은 것이 무엇인지 알지 못해 분풀이도 할 수 없었기 때문이다. 땅을 헤집는 소리는 언덕을 오래 맴돌지 않았다. 호수는 볼을 부풀리며 잃어버릴까 봐 주머니에 넣어 둔 조각상을 꺼냈다. 여전히 무슨 동물인지 알 수 없는 조각상이다. 뻥 뚫린 구멍 너머로 흘러가는 구름을 보였다. 하늘에 떠 있는 구름조차 여우를 보지 못했는지 이리저리 일그러져 있었다. 호수는 고개를 휙휙 저으며 여우에 대한 생각을 날렸다. 머릿속에서 여우가 사라지자 조각상을 멋대로 가져온 게 생각났다.

"할아버지한테 혼날 텐데 어쩌지."

호수는 짧은 신음을 내며 몸을 부르르 떨었다. 할아버지의 보물을 양손에 꼭 쥐고 호수는 눈을 감았다. 언덕으로 달려오기도 했고 여우 꼬리를 찾느라 이리저리 헤집은 탓에 지친 호수는 한숨 자기로 했다. 호수의 눈이 잠에 덮이기 전 바람을 타고 온 나뭇잎이 조각상 위에 살포시 떨어졌다. 호수는 가물거리는 눈으로 그 광경을 보다가 잠이 들었다.

시간이 얼마나 지났을까 잠든 호수의 귀에 시끄러운 소리가 들렸다. 여우 언덕에 친구들이 올라왔나? 아니면 화난 할아버지가 언덕에 도착한 건가? 호수는 눈을 찡그렸다. 호수의 생각과 달리 눈동자에 보이는 건 두 발로 걷는 회색빛이 드문드문 섞인 붉은 털을 가진 여우의 모습이었다.

"어?"

호수는 재빨리 윗몸을 일으켰다. 여우다. 호수가 그렇게 찾아 헤매던 여우가 있었다. 얼룩 여우를 보자마자 진짜 여우냐고 묻고 싶어서 호수는 입을 열심히 뻐끔거렸다. 어찌나 놀랐는지 호수의 목에서 소리가 나오지 않았다. 얼룩 여우의 까만 귀가 쫑긋쫑긋 움직였다. 고개를 돌린 얼룩 여우와 목을 매만지던 호수의 눈이 마주쳤다.

"사람? 뭐야. 왜 사람이 여기 있어?"

얼룩 여우는 털을 바짝 세우며 호수를 향해 이를 드러냈다. 뾰족한 송곳니가 햇빛에 반짝였다. 호수는 제대로 말도 못 하고 양손을 올렸다. 호수는 입을 꾹 닫고 눈만 데굴데굴 굴렸다. 얼룩 여우의 시선이 호수의 얼굴에서 손으로 움직였다. 얼룩 여우는 호수의 손에 있는 조각상을 보았다. 얼룩 여우의 주름진 콧등이 펴지며 뾰족한 이가 자연스럽게 숨겨졌다.

"조각상을 들고 있다면 말을 하라고. 하마터면 물 뻔했네."

얼룩 여우의 말에 호수의 눈이 손을 향했다. 놀란 호수의 입이 벌어졌다. 손에 있는 건 할아버지가 보여 준 낡은 조각상이 아니었다. 시간을 감기라도 한 것인지 뭉툭하고 손때가 묻었던 모습은 온데간데없었다. 무슨 동물인지 알아보기 힘들었던 예전과 달리 자신은 여우라고 당당히 외치고 있었다.

"구멍도, 없어."

호수는 변해버린 조각상을 이리저리 뒤집으며 눈을 깜박였다. 이게 대체 무슨 일인지 알 수가 없었다. 지금 꿈이라도 꾸고 있는 걸까. 호수가 조심스레 볼을 꼬집으려는 순간 얼룩 여우가 말을 걸었다.

"축제에 참여하러 왔으면서 조각상은 왜 보고 있어. 따라와."

얼룩 여우는 닭의 목을 쥐고 흔들었다. 깃털이 언덕 위로 하나 둘 떨어졌다. 아직도 많은 의문이 있었지만 호수는 모든 걸 뒤로했다. 그토록 궁금했던 여우 축제가 지금 호수의 눈 앞에 펼쳐지고 있었다.

언덕 위를 팔짝팔짝 뛰며 춤을 추는 여우, 입을 벌리고 신비로운 소리를 내는 여우, 개구리를 잡아먹고 다른 손에 도마뱀을 들고 있는 여우, 숲에서 달려 나오는 여우. 많은 여우가 축제를 즐기고 있었다. 호수는 그 광경을 보며 이 언덕이 왜 여우 언덕이라 불리는지 이해했다.

"사람이 이 축제에 오는 건 오랜만이네. 나도 말로만 들었거든."

얼룩 여우는 통통 뛰며 고개를 치켜올렸다. 꽤 기분이 좋은지 말할 때마다 꼬리를 살랑살랑 흔들었다.

"할멈이 널 보면 놀라 자빠지겠어. 매번 축제에 사람이 올 수 있으니 귀를 세우라고 잔소리했거든."

킬킬 웃으며 얼룩 여우는 몸을 돌렸다. 호수를 보면서 뒤로 걸어가는 모습이 퍽 익숙해 보였다. 여전히 얼룩 여우는 닭 깃털이 언덕 위에 떨어지는 걸 신경도 쓰지 않았다. 호수는 흔들리는 닭이 조금 불쌍하게 느껴졌다.

"축제에서 뭘 하고 싶어? 춤을 추고 싶으면 중간에 끼어들어도 돼! 배가 고프면 음식을 먹으러 마음대로 빠져도 되고. 자유롭게 즐겨. 축제니까!"

얼룩 여우는 들고 있던 닭을 사냥감을 모아 둔 곳에 던졌다. 이미 목이 꺾였는지 포물선을 그리는 닭의 모습은 생기가 하나도 없었다. 축제라서 쌓아둔 건가? 저렇게 겹겹이 쌓인 동물의 사체는 처음이었다.

"어. 아냐. 난 음식은 별로."

호수는 고개를 흔들었다. 주먹만 한 쥐는 물론이고 털도 안 뽑힌 닭을 먹고 싶다는 생각은 조금도 없었다. 호수는 어설프게 웃으며 쌓인 사냥감을 외면했다.

"참, 조각상은 손에 계속 들고 있어. 안 그러면 다쳐."

다들 긴장으로 날이 서 있다며 얼룩 여우는 투덜거렸다. 흔들리던 꼬리도 아래로 축 처졌다. 얼룩 여우의 모습은 비가 오지 않을 때 걱정하던 할아버지랑 닮아있었다.

"이상한 생명체가 늘어나서 먹을 게 줄었지. 영역에 자주 사람이 들어오지. 숲에는 이상한 게 많이 생겼거든. 병도 도는 것 같고."

호수는 얼룩 여우를 위로하고 싶었다. 하지만 호수는 얼룩 여우의 고민을 해결할 방법을 몰라서 손만 이리저리 움직였다. 머뭇거리던 호수의 손이 까만 여우의 손을 잡았다. 보드라운 털과 땅을 밟고 달려 조금 단단한 감이 있는 살덩이는 마을에 사는 개를 떠올렸다. 얼룩 여우는 호수를 물끄러미 바라보다 눈을 휘며 웃었다.

"내가 축제에 맞지 않는 말을 해버렸네. 잊어버려."

호수가 무언가 말할세라 얼룩 여우는 호수의 손을 놓지 않고 이끌었다. 호수와 얼룩 여우가 도착한 곳에 여우들이 모여 있었다. 할아버지가 들려준 이상한 소리와 달리 신비로운 선율이 들렸다. 호수는 입을 벌리고 감탄했다. 하늘이, 여우 언덕이, 숲이 합창한다면 이런 소리가 아닐까. 호수는 그 소리를 따라 하려고 입을 열었다. 하지만 할아버지가 냈던 이상한 소리가 훨씬 나을 정도로 엉망이었다.

"와, 너 진짜 노래 못한다."

얼룩 여우는 이죽거리며 손으로 입을 가렸다. 얼룩 여우는 급히 몸을 수그렸지만 웃음소리가 손 틈으로 흘러나왔다. 그 소리를 들은 호수의 귀는 토마토가 되었다. 호수는 언덕에서 당장 사라지고 싶었다. 눈이 뜨거워지며 물기가 서렸지만 호수는 참았다. 여기서 울면 얼룩 여우의 웃음이 언덕을 흔들 것 같았다. 입술을 꾹 누른 호수는 눈을 질끈 감고 소리쳤다.

"처음이라서 그래!"

"그래, 꼬맹이 너도 처음에는 저 정도였잖아."

"아니거든요! 저것보다는 잘했어요!"

어디서 왔는지 모를 가을철 낙엽의 색을 가진 여우가 몸을 웅크린 여우의 뒤통수를 꾹꾹 눌렀다. 낙엽을 지닌 여우와 달리 회색빛이 섞인 얼룩 여우는 캥캥 소리를 지르며 버둥거렸다.

"그래. 그래."

"진짜라고요!"

얼룩 여우는 씩씩 거친 숨을 내뱉었다. 그리고 고개를 확 돌렸다. 낙엽색 여우는 땅에서 뒹굴뒹굴 배를 잡고 웃었다. 호수는 그 모습에서 마을의 향기를 맡았다. 마치 철없이 놀리는 삼촌과 빽빽 성질내는 조카처럼 보였다. 여우라고 별다를 건 없구나.

"진짜 다음에 뒷다리를 물어버릴 거야."

얼룩 여우는 힘차게 땅을 퍽퍽 차며 다른 곳으로 걸어갔다. 얼룩 여우는 호수를 잊어버렸는지 저 멀리 혼자 걸어가면서 꿍얼거렸다.

"가버렸네."

"흐하하하. 아, 재미있었다."

낙엽색 여우는 눈물을 닦으며 일어났다. 안내하던 얼룩 여우를 보내버린 호수는 우두커니 서서 눈만 깜박였다. 낙엽색 여우는 호수를 보고 의문 소리를 내더니 조각상을 보고 탄성을 냈다.

"이거 할매 말이 거짓말이 아니었구나. 내가 안내할 여우를 보내버린 모양이네."

낙엽색 여우는 미안하다며 수염을 만지작거렸다. 그 여우는 호수의 어깨를 툭툭 치더니 여기서 기다리라고 했다. 그리고 얼룩 여우가 사라진 곳으로 달려갔다.

얼마 지나지 않아 저 멀리서 낙엽색 여우가 얼룩 여우의 목덜미를 물고 왔다. 얼룩 여우는 손과 발을 휘저으며 바둥거렸지만 낙엽색 여우는 아무 일도 없다는 듯 호수가 있는 곳까지 왔다.

"맡은 일은 끝까지 해야지."

"…알고 있어요."

얼룩 여우는 볼을 투실하게 부풀렸다. 낙엽색 여우는 고개를 끄덕이고 얼룩 여우의 머리를 쓱쓱 쓰다듬었다.

"안내 잘해라."

낙엽색 여우는 그 말을 끝으로 숲을 향해 달려갔다. 아까처럼 두 발이 아닌 네 발로 땅을 박차서 더 빨라 보였다. 마치 가을철, 주홍빛 낙엽이 바람을 타고 지나가는 것 같았다.

"저 여우는 왜 가는 거야?"

"아, 사냥감이 좀 부족한 모양이야. 마을이 아니라 숲이니까 도마뱀 잡으러 가는 것 같아."

얼룩 여우는 신기할 것 하나 없다며 손을 저었다. 호수가 달려가는 낙엽색 여우를 따라 숲 안으로 들어가려고 할 때 얼룩 여우가 호수의 손목을 잡았다.

"넌 가면 안 돼!"

"왜?"

얼룩 여우는 한쪽 눈을 찌푸리고 호수를 보았다.

"왜는 무슨 왜야. 숲에 이상한 게 있으니까 그러지."

얼룩 여우는 코를 킁킁거리며 숲을 노려보았다. 붉은 기가 도는 갈색 눈동자에 숲의 그림자가 기다랗게 드리웠다. 차가운 바람이 호수를 스쳐 지나갔다. 호수의 살에 알갱이가 도돌도돌 돋았다.

"요즘 들어 한번 물면 놓지 않는 뾰족뾰족한 쇠 이빨이랑 지나가는 동물의 목이나 발을 죄는 둥근 쇠줄이 많이 늘었어. 냄새로 눈치채는 우리도 그거에 잡히는데 여우도 아닌 네가 그걸 피할 수 있겠어?"

얼룩 여우는 발톱으로 호수의 코와 눈을 조심스럽게 콕콕 찍었다. 호수는 코를 손으로 문지르며 고개를 흔들었다.

얼룩 여우가 말하는 쇠 이빨과 쇠줄은 아무래도 사냥용 덫 같다. 호수가 다니는 초등학교의 선생님이 사진으로 보여 준 적이 있었다. 그 사진 중에 얼룩 여우가 말한 것과 닮은 물건이 있었다.

선생님은 덫은 사냥하기 위해 만든 물건이라 벗어나려고 움직이면 오히려 상처가 커져서 죽을 수 있다고 무시무시한 목소리로 경고하셨다. 호수는 겨울철 눈바람보다 싸늘했던 목소리를 떠올리며 몸을 부르르 떨었다. 호수가 배운 대로라면 쇠 이빨, 찰코는 쇠로 만든 덫으로 만약 실수로라도 밟으면 도와달라고 큰 소리로 어른을 불러야 하는 위험한 물건이다. 하지만 쇠줄, 올무는 손으로 쉽게 풀 수 있어서 목을 조이는 올무가 아니라면 찰코보다 훨씬 안전하다고 말씀하신 게 기억난다.

호수는 고개를 돌려 숲을 보았다. 얼룩 여우의 말은 들은 후에 본 숲은 굶주린 괴물의 입으로 보였다. 어쩌면 호수가 바람이라고 생각했던 건 굶주린 괴물이 울부짖는 소리가 아닐까. 호수는 침을 꿀떡 삼키고 시끌시끌한 언덕으로 도망치듯 걸어갔다. 굶주린 괴물의 숨소리가 나뭇잎을 치고서 깊은 곳으로 사라졌다. 숲의 그림자는 도망치는 호수의 뒤를 쫓지 않고 이전처럼 경계선에서 아른댔다.

얼룩 여우와 호수는 다시 춤을 추고 노래하는 장소로 돌아왔다. 얼룩 여우는 호수의 양손을 잡고 빙글빙글 돌면서 춤을 추기 시작했다. 처음은 따라가기 힘들었지만 호수는 금세 박자에 맞춰서 엉덩이를 흔들며 축제에 빠져들었다.

알록달록한 여우들의 털 색이 호수의 눈을 어지럽게 했다. 나뭇잎과 바람이 부딪치며 나는 소리는 악기처럼 여우들의 노래와 자연스럽게 뒤섞였다. 울부짖는 것처럼 날카롭게 벼린 소리를 감싸듯 부드럽게 어우러졌다가 모든 걸 던지고 뛰어가는 호쾌한 웃음처럼 밝고 커다란 소리로 휙 변하기도 했다. 호수의 심장은 신비로운 축제 노래를 따라 이리저리 요동쳤다. 땀이 옷을 흠뻑 적셨지만 호수의 몸은 멈추지 않았다.

호수는 할아버지의 말을 이해했다. 여우의 노래에는 그런 힘이 있었다. 축제의 흥분, 함께하는 기쁨, 아득한 희망. 여우들의 감정을 두른 이 노래에 빠지지 않는 방법을 호수는 알지 못했다. 열기를 머금은 숨이 호수의 입가에서 흘렀다. 목이 바짝바짝 마르고 다리가 아프다고 소리쳐도 호수는 끊임없이 춤을 췄다. 얼룩 여우가 말리지 않았다면 호수는 쓰러지는 순간까지 춤을 췄을 것이다.

"쉬지도 않고 추다니. 사람은 다 그 정도로 둔해?"

얼룩 여우가 나뭇잎에 떠온 물을 마시며 호수는 숨을 헐떡였다. 온 힘을 다해 달렸을 때처럼 가슴이 아팠다. 팔다리가 무거웠지만 호수의 마음은 행복에 가득 차서 든든했다. 나뭇잎과 연주하던 바람이 호수의 땀을 훔쳐 갔다. 바람이 잘했다고 속삭였다. 호수는 입술을 씰룩이다 결국 커다란 미소를 지었다.

호수가 얼룩 여우와 같이 쉬고 있을 때 갑자기 한 여우가 쓰러졌다. 모든 노래가 멈췄다. 호수의 머리도 새하얗게 물들었다.

호수와 얼룩 여우는 다급하게 다가갔다. 배를 움켜쥐고 끙끙거리는 꼴이 탈이 제대로 난 모양이다. 호수는 이리저리 움직이며 초조하게 쓰러진 여우를 보았다. 무거운 바람이 언덕을 쓸었다. 해가 기울며 숲의 그림자가 언덕을 야금야금 먹기 시작했다. 마침내 그림자가 쓰러진 여우 근처까지 왔을 때 호수의 위가 뒤틀렸다. 거북해지는 속을 짓누르기 위해 호수는 입술을 깨물었다.

"음, 식이 이상, 해."

끊어질 듯 아슬한 목소리가 호수를 불안하게 했다. 아픈 여우의 입에서 게거품이 흘러나오며 긴장으로 어수선한 분위기에 쐐기를 박았다.

"뭐야! 야! 정신 차려!"

얼룩 여우가 당황하며 소리쳤다. 호수는 그대로 굳어버렸다. 호수는 알고 있다. 이 광경을 과거에도 본 적 있었다. 주변이 소란스러워졌지만 호수의 귀는 아무것도 듣지 못했다. 굳어버린 눈동자가 언덕에 쏟아진 분홍빛 거품을 바라보았다. 결국 축제는 엉망으로 끝나버렸다.

숲의 그늘이 길게 늘어진 언덕에서 다들 어찌하지 못하고 그저 웅성거렸다. 그 순간 쓰러지는 여우가 늘어났다. 몸을 벌벌 떠는 여우가 있었고 눈을 까뒤집고 코피를 흘리는 여우도 있었다. 그중 벌건 피를 토하는 여우를 발견했을 때 호수의 귀에 할아버지의 목소리가 들렸다.

'살아남았어도 저 짝에 살던 노랭이처럼 가버렸어.'

노랭이, 쥐약 먹고 저 멀리 사라진 노란 고양이. 호수의 눈이 흔들렸다. 호수는 아픈 여우에게 아무것도 해줄 수 없었다. 할아버지의 바지를 붙잡고 있었던 그날처럼 이 시간이 빨리 지나가기만 바랐다. 하지만 호수의 바람과 달리 상황은 더 참혹해졌다.

쾅!

폭죽이 터지는 소리가 언덕에 울렸다. 호수 옆에 있던 얼룩 여우가 쓰러졌다. 혼비백산해서 도망가는 여우들이 보인다. 쓰러진 여우를 잡기 위해 달려드는 사냥개도 보였다.

급박하게 변화하는 상황에 호수는 어지러웠다. 총성보다 심장 소리가 호수의 귓가에 쾅쾅 울렸다. 돌처럼 서 있던 호수가 도망가는 여우에게 부딪쳐 언덕 위에 넘어졌다. 조각상이 호수의 손에서 빠져나갔다. 사냥꾼이 들고 있는 엽총에서 요란한 소리가 났다. 호수는 엉덩이가 얼얼했지만 놓친 조각상이 걱정되었다. 그건 할아버지의 조각상이다. 만약 잃어버리면 얼마나 크게 혼날지 상상조차 할 수 없었다.

당황한 호수가 주변을 돌아보았다. 도망치는 여우의 다리 사이에 있는 조각상이 호수의 눈에 보였다. 호수는 달려가 냉큼 조각상을 주웠다. 조각상이 무사한지 확인하는 순간 등골이 오싹했다. 조각상의 가운데가 뻥 뚫려 있었다. 손이 덜덜 떨려서 호수는 조각상을 놓치고 말았다. 데굴데굴 굴러가는 조각상은 피를 흘리며 쓰러진 얼룩 여우의 몸에 부딪혔다. 붉은 웅덩이에 멈춘 그 모습은 마치 조각상의 구멍에서 벌건 생명이 흘러나오는 것 같았다. 얼어붙은 호수의 눈에 그 광경이 깊게 새겨졌다.

'여우 가죽을 팔려고 사냥꾼들이 잡아갔지.'

할아버지의 목소리가 머릿속에 울렸다. 호수는 핏물에 젖은 조각상을 줍지 않고 사냥꾼을 향해 달려갔다. 눈물이 가득한 호수의 얼굴을 보며 사냥꾼을 겨누고 있던 총을 다급하게 치웠다. 사냥꾼은 으르렁대며 화를 냈다.

"비켜!"

"못 비켜! 여우를 쏘지 마!"

호수는 사냥꾼 앞에 서서 소리쳤다. 총알을 내뱉는 총도 죽는 여우를 보며 웃는 사냥꾼의 얼굴도 너무 무서워 다리가 달달 떨렸다. 하지만 호수는 비키지 않았다. 호수한테는 피를 흘리며 일어나지 않는 얼룩 여우가 더 무서웠다. 사냥꾼의 얼굴이 일그러졌다. 콧구멍을 벌름거리며 씩씩거리던 사냥꾼은 호수의 멱살을 잡았다. 여기저기 흉터가 나 있는 두꺼운 팔뚝이 호수의 몸에 닿았다.

"여우 가죽이 얼마나 비싼 줄 알고 그러는 거냐. 저리 꺼져!"

사냥꾼은 호수를 던져버리고 다시 총을 쏘기 시작했다. 호수는 여우를 처음 본 그 나무에 등이 부딪쳤다. 얼마나 세게 부딪쳤는지 등이 화끈거리고 아팠다. 너무 아파서 쭈그리고 싶었지만 호수는 일어나야 했다. 지금 여우를 지킬 수 있는 건 호수뿐이었다. 일어나야 하는데 몸이 이상했다. 호수는 바들거리는 팔을 휘적였다. 마음과 달리 몸은 꿈쩍도 하지 않았다. 목구멍에서 나오지 못한 절규가 호수의 몸을 뒤흔들었다. 멈출 수 없는 비명은 호수의 눈을 뜨겁게 달구며 비를 쏟아냈다. 언덕을 적시는 빗소리는 시끄러운 총성에 가려졌다. 비명을 지르는 소리와 땅을 박차는 소리가 뒤엉켰다. 끔찍한 소리가 귀에 선명하게 들렸지만 눈은 점점 흐려졌다. 기어이 호수의 두 눈이 감겼다.

호수는 헐떡이며 몸을 일으켰다. 조각상이 배 위에서 떨어졌지만 호수는 관심도 없었다. 식은땀을 흘리며 왕방울만 해진 눈으로 주변을 둘러보았다. 머리를 땅에 박으며 떨던 여우도 사냥꾼에게 목이 잡힌 여우도 없었다. 쩌렁쩌렁 울리던 사냥꾼의 외침도 귀 아프게 짖으며 여우를 쫓아가던 사냥개도 없었다. 호수는 아무것도 없는 언덕을 돌아다니며 축제의 흔적을 찾았다. 시간이 얼마나 지났는지 어느새 붉은 노을이 언덕을 물들이고 있었다. 여우의 털처럼 주홍빛이 도는 언덕을 보며 호수는 눈물을 훔쳤다.

축 늘어지는 몸을 돌려 떨어져 있던 조각상을 주웠다. 가운데가 구멍 난 조각상이 처음과 달리 슬프게 느껴졌다. 호수는 아무 말 없이 그 조각상을 매만졌다. 여우 언덕에 고요한 바람 한 줄기가 나뭇잎을 스치며 숲을 울렸다.

여전히 여우 언덕에 여우는 없다.

나만의 탭 슈즈

박보순

박보순　호기심 많은 아이가 아직도 마음속에 살고 있습니다.

이야기를 먹여 달라고 떼를 쓸 때마다 동화책을 펼쳐 들었습니다.

환상의 세계로 안내하고, 때로는 감동과 웃음이 넘쳐 나는 동화 속 세계는

분홍빛 복숭아처럼 사랑스럽고 달콤한 마법 같은 매력이 넘쳐납니다.

여러분도 멋진 이야기의 세계로 행복한 여행을 떠나보시길...

"하율이 엄마! 하율이는 몇 반이야?"

"아 그래 3반이구나. 지안이는 1반이야. 너무 아쉽다. 그래도 바로 옆이니까 자주 만날 수 있겠네."

엄마는 한숨을 쉬며 휴대폰을 내려놓았다. 나는 엄마의 전화 통화를 옆에서 들으며 더 실망스러웠다. 나는 1학년 1반, 하율이는 3반이 되었다. 다음 주면 초등학교 입학식이다. 친구라고는 유치원 단짝 친구, 하율이 밖에 없는데 학교에 가기 싫어졌다.

입학식 날 아파트 정자 앞에서 하율이와 하율이 엄마가 엄마와 나를 기다리고 있었다.

"지안아!"

"하율아!"

우리는 만나자마자 서로 부둥켜안았다.

"지안아, 지안아 어떻게, 같은 반 됐으면 좋았을 텐데……."

하율이가 아쉬워하는 표정으로 내 손을 꼭 붙잡아 주었다. 조금 안심이 됐다. 나는 하율이가 잡은 손에 힘을 꽉 주었다. 반은 다르지만 그래도 학교에 같이 갈 수 있어서 다행이다. 엄마와 하율이 엄마가 뒤에서 따라왔다. 학교 현관 앞에서 실내화를 갈아 신고 엄마와 인사를 했다. 혼자 교실로 들어가려니 가슴이 두근두근했다.

"하율아 끝날 때 꼭 같이 가야해!"

나는 하율이에게 간절한 눈빛을 보냈다.

"응 그래 꼭 같이 가!"

하율이도 뭔가 조금 긴장한 것 같았지만 나와는 다르게 들떠 있는 것 같았다. 나는 하율이와 헤어지지 못하고 1학년 3반 교실 앞에 서 있었다. 하율이도 아쉬워했지만 어쩔 수 없이 3반 교실로 들어갔다. 하율이가 3반 교실로 들어가는 것을 보고 1학년 1반이라고 쓰여 있는 팻말 아래서 머뭇거렸다. 드르륵 교실 문이 열리더니 선생님이 앞문으로 나와 나를 반겨주었다.

"어머 일찍 왔구나! 우리 친구는 이름이 뭐지?"

"김지안이요."

내 목소리는 자꾸만 기어들어갔다.

"지안아 어서 와. 반갑구나! 책상에 쓰인 이름을 보고 자기 자리에 앉으렴."

임시 자리가 정해졌다. 선생님은 친절하신 것 같았다. 먼저 온 아이들 몇몇이 얌전하게 자리에 앉아 있었다. 아이들이 하나 둘 교실을 채웠고 입학식이 시작됐다. 입학식은 간단했다. 각자의 교실에서 스피

커에서 나오는 교장선생님의 인사말씀을 듣고 담임선생님께서 앞으로의 학교생활에 대하여 설명해 주었다.

다들 짝이 있었다. 그런데 내 짝은 책상 위에 이름만 있었다. 독감이 걸려서 일주일은 나오지 못한다고 한다. 교실 안을 둘러보았다. 얼굴이 익숙한 아이도 있었지만 대부분 처음 보는 아이들이었다. 안 그래도 친구가 없는데 짝마저 없다니 빈 의자처럼 내 마음도 텅 빈 것만 같았다. 내 짝 이름은 고예랑이다. 빨리 왔으면 좋겠다. 어떻게 생겼을지, 나를 좋아할지 궁금했다. 어색한 분위기 속에서 아이들은 서로 이야기를 나누며 말문이 트이는 것 같았다. 교실은 조금씩 시끌시끌해졌다.

쉬는 시간에 복도를 서성였다. 3반 교실 앞에서 하율이가 나오지 않을까 하고 기웃거렸다. 슬쩍 안을 들여다보니 하율이는 벌써 짝이랑 알콩달콩 이야기를 나누고 있었다.

'벌서 친해졌나?'

나도 알 수 없는 이상한 기분이 들었다. 시무룩하게 교실로 돌아왔다.

일주일은 급식이 없다고 했다. 4교시 수업이 끝나자마자 하율이네 반 앞으로 갔다.

교실에 있는 하율이를 보고 손을 흔들었다. 하율이는 짝이랑 계속 얘기를 하더니 뒤늦게 복도로 나왔다.

"지안아! 나 은지랑 우리 집에 가서 놀기로 했어! 너도 같이 가자!"

아니 몇 시간이나 됐다고 하율이는 은지라는 아이와 친해졌는지 집까지 놀러 간다고 했다. 그러더니 은지 손을 잡고 쏜살같이 달려 밖으로 나갔다. 현관 앞에는 엄마들이 기다리고 있었다.

"엄마! 엄마! 나 오늘 은지랑 우리 집에서 놀아도 되지? 내 짝이야!"

하율이는 뭐가 그렇게 신이 났는지 목소리가 하늘을 찌를 것만 같았다.

"우리 하율이 벌써 친구를 만들었네. 은지 엄마한테 물어봐야지. 은지야 엄마는 어디 계셔?"

은지가 두리번거렸다. 국기 게양대 아래서 은지 엄마가 손을 흔들었다.

은지 엄마와 하율이 엄마는 서로 인사를 나누었다.

"우리 집에 가서 커피 한잔해요!" 전화번호를 주고받더니 금세 집으로 초대를 했다. 어른들은 참 친구도 금방 사귄다. 은지랑 하율이는 손을 잡고 교문을 빠져나가고 있었다.

"지안아 어서 가자!"

하율이 엄마가 나를 불렀고, 하율이는 뒤도 돌아보지 않았다. 은지랑 뭐가 좋은지 이야기를 하느라 정신이 없었다. 나는 엄마의 손을 잡아끌었다.

"엄마 나 그냥 집에 갈까 봐!"

"왜 놀지 않고?"

"배가 아픈 것 같아"

"그래?"

엄마는 뭔가 내 기분을 눈치챈 듯 다시 물어보지 않고 나를 데리고 집으로 갔다. 집으로 오는 길에 엄마는 조심스럽게 나에게 물었다.

"지안아~ 오늘 힘들었지? 짝은 어땠어?"

"엄마 내 짝은 독감이어서 일주일 동안 못 나온데."

나는 아주 힘이 없는 목소리로 말했다.

"어머 그랬구나! 그래서 지안이가 기운이 없어 보였구나! 집에 가서 맛있는 것 만들어 먹을까?"

갑자기 배에서 꼬르륵 소리가 났다.

"엄마 떡볶이 먹고 싶어!"

"배 아프다더니 매운 것 괜찮겠어?"

"응! 배가 고팠나 봐."

"하하 그랬구나."

엄마와 나는 마트에서 떡이랑 어묵이랑 메추리알을 사서 집으로 갔다.

엄마는 고추장에 생크림을 넣은 양념으로 내가 좋아하는 로제 떡볶이를 만들어 주었다. 동글동글 메추리알이랑 어묵이 듬뿍 들어갔다. 달콤하면서도 매콤한 떡볶이를 먹으니 기분이 조금 나아졌다.

"지안아 짝이 학교에 못 오는 동안 편지를 써보면 어떨까?"

떡볶이를 다 먹어 갈 때쯤 엄마가 말했다.

"이름밖에 모르는데……."

나는 짝의 이름밖에 모르는데 무슨 말로 편지를 쓸 수 있을까 생각했다.

"그러니까 기대하는 마음으로 쓰는 거지."

"그 애가 오면 친하게 지내고 싶다고 편지를 써서 전해 주는 거야. 지안이가 좋아하는 것에 대해 이야기도 하고, 그럼 그 친구도 자연스럽게 자기 이야기를 하게 될 거야! 처음 만났을 때 어색하지 않고 좋지 않을까?"

엄마의 말을 듣고 보니 좋은 방법일 것도 같았다.

"음……. 그럴까?"

나는 엄마 말대로 짝에게 편지를 써볼까 생각했다. 그랬더니 왠지 짝이랑 가까워지는 느낌이 들었다. 무슨 말을 해 볼까 생각하며 예쁜 편지지를 골랐다.

'예랑아 만나서 반가워! 나는 네 짝 지안이야. 오늘 네가 나오지 않아서 무척 심심했어.'

이렇게 한 줄 쓰고 나니 벌써 친해진 것만 같았다. 근데 그다음에는 별로 할 말이 생각나지 않았다. 편지를 쓰다 말고 침대에 벌러덩 누워 버렸다. 하율이는 지금쯤 은지라는 아이와 신이 났겠지. 나도 갈 걸 그랬나, 후회가 되기도 했다.

다음날 등굣길에는 미세먼지가 가득한 하늘이 뿌옇게 보였다. 도시는 온통 회색뿐이었다. 내 몸과 마음은 꼭 먹구름만 같았다. 무거우면서도 힘이 하나도 없어서 비가 되어 확 쏟아져 내리고만 싶었다.

저 멀리 앞에 하율이와 은지가 가는 것이 보였다. 즐거워 보이는 하율이의 옆모습에 괜히 심술이 났다. 나는 빠른 걸음으로 하율이와 은지를 지나쳐갔다.

"지안아!"

하율이가 불렀지만 나는 못 들은 척, 더 빠르게 걸어 교문으로 갔다. 교실로 들어와 책상에 앉으니 인사도 하지 않고 혼자 서둘러 온 것이 신경이 쓰였다. 1교시 내내 하율이 생각에 수업이 귀에 잘 들어오지 않았다.

아침에 괜히 모르는척했나 싶어 쉬는 시간에 화장실에 가는 척 복도로 나왔다. 혹시라도 텔레파시가 통한 것처럼 하율이가 내게 와 주지 않을까 기대했다. 하지만 그런 일은 절대 없었다. 2반 교실을 지나면 바로 3반 교실인데 나는 거기까지 가지 못하고 다시 우리 반 교실로 돌아왔다.

수업이 끝나고 3반 교실 앞에서 하율이를 기다렸다. 하율이는 아이들에 둘러싸여 잘 보이지 않았다. 한참을 기다려도 3반 아이들은 무엇을 하는지 교실 안에서 떠들며 집에 갈 생각들을 하지 않았다. 나는 할 수 없이 혼자 밖으로 나왔다. 아이들은 대부분 방과 후에 노란 학원차를 탔다. 태권도, 피아노, 미술 학원에 주로 다녔다. 난 아직 배우고 싶은 것이 없었다. 배우고 싶은 것도 없고, 단짝 친구도 사라지고, 새로운 짝은 계속 결석이다. 학교생활이 시시했다.

"지안아 너도 피아노 배워 볼래? 하율이랑 은지는 피아노 배우기로 했대!"

집에 돌아오니 엄마가 피아노를 배워보지 않겠냐고 물었다.

하율이는 이제 은지와 모든 것을 같이 하려고 하나보다. 유치원에 다닐 때 나랑 그랬던 것처럼. 이제 하율이에게는 은지가 생겼으니 내가 없어도 상관없어 보였다. 앞으로 나는 하굣길에 노란 버스들의 먼지 사이를 뚫고 언제나 혼자 집에 오게 될 것이다.

"엄마 나는 피아노는 별로야."

친구도 피아노도 관심 없는 척했다.

"그렇구나. 뭐든 배우고 싶은 것 생기면 말해! 엄마는 배우는 것은 대 찬성이거든."

엄마의 말처럼 나도 즐겁게 배우고 싶은 것이 생겨서 엄마를 마구 졸라대고 싶다.

주말에 엄마를 따라 백화점에 갔다. 푸드 코트에서 점심을 먹고 광장으로 갔다. 분수가 나오는 광장에서는 작은 문화 공연이 열리고 있었다. 엄마는 커피를 마시고 나는 아이스크림을 먹으며 공연을 감상했다. 아줌마 발레 군단, 배꼽이 다 보이는 벨리댄스, 오카리나 연주, 우쿨렐레 순서도 있었다. 마지막 순서에는 검정 옷을 입고 멋진 모자를 쓴 사람들이 등장했다. 무대로 걸어 나오는 동안 신기한 소리가 났다. 구두가 바닥에 닿을 때마다 맑고 경쾌한 소리가 울렸다. 그리고 멋진 춤이 시작되었다. 난 아이스크림을 먹다 말고 멍하니 그 춤을 바라보았다. 시원한 바람이 불어와 내 머리칼을 간지럽혔다. 마음이 탁 트이는 기분이었다. 발의 리듬 소리에 따라 심장도 같이 쿵쾅거렸다.

나는 꼼짝하지 않고 춤추는 모습을 바라보았다.

"지안아! 아이스크림 다 녹겠어!"

엄마의 말에 정신이 돌아왔다. 아이스크림이 녹아 손등으로 흘러내리고 있었다.

"저 춤 멋지지! 엄마도 좋아하는 탭댄스야."

나는 고개를 끄덕였다. 갑자기 배우고 싶은 것이 생겼다. 바로 탭댄스! 그러고 보니 언젠가 영화 '장화신은 고양이' 에서 본 것도 같다.

공연이 끝나고 박수갈채가 이어졌다. 나도 손바닥이 뜨거워지도록 박수를 쳤다.

집으로 돌아와서도 춤추던 장면이 머릿속에서 사라지지 않았다. 나는 영화를 다시 보았다. '장화 신은 고양이'에서 춤추는 고양이를 따라 해 보았다. 갑자기 뭔가가 떠올랐다. 내 이야기를 들어 줄 친구, 예랑이에게 탭댄스에 대해서 편지를 써야겠다고 생각했다. 예랑이도 탭댄스를 좋아했으면 좋겠다.

'예랑아! 잘 지내고 있지? 난 오늘 백화점에 갔다가 탭댄스라는 것을 알게 되었어? 영화 '장화 신은 고양이'에 나오는 춤 알고 있니? 너도 탭댄스를 좋아했으면 좋겠어!'

월요일 아침이 되자 엄마가 깨우기도 전에 나는 벌떡 일어났다. 머리를 여러 번 단정하게 빗었다. 옷도 가장 예쁜 것으로 골라 입었다. 예랑이에게 줄 편지는 예쁘게 접어 가방에 조심스럽게 넣었다.

평소보다 일찍 나와서 그런지 학교로 가는 길은 한산했다. 길가에 노란 개나리가 한가득 빛나고 있었다.

아무도 없는 교실로 들어와 자리에 앉았다. 편지를 예랑이의 책상 서랍에 넣어 둘까 직접 줄까 고민하고 있었다. '혹시 오늘도 못 오는 것은 아니겠지 걱정이 되기도 했다.' 그때 교실 앞문이 열리고 낯선 아이가 들어왔다. 윤기가 나는 단발머리에 눈이 커다랗고 예뻤다. 나도 모르게 손을 들었다. 예랑이라는 것을 예상할 수 있었다. 편지는 다시 가방 속에 집어넣었다.

"여기! 너 고예랑이지?"

내가 먼저 이렇게 씩씩한 목소리로 친구의 이름을 부르다니 나도 스스로 놀랐다.

두리번거리던 예랑이도 조금 놀란 얼굴로 웃으며 내 옆으로 다가왔다.

"안녕! 내 이름은 어떻게 알았어?"

"내가 너 짝이야. 책상 위에 이름표가 붙어 있어."

"아, 그렇구나."

"난 김지안이라고 해! 독감은 다 낳은 거야!"

"응. 이제 괜찮아졌어."

잠시 침묵이 흐르고 있었다. 나는 가방에서 편지를 꺼낼까 말까 망설였다. 그러다가 용기를 내서 편지를 꺼냈다. 그리고 살며시 예랑이에게 건네주었다.

"이게 뭐야?"

예랑이는 의아한 표정으로 편지를 받아 들었다.

"응! 너 만나면 주려고 일주일 동안 쓴 편지야!"

"어머! 이런 건 생각지도 못했는데"

동그란 눈을 더 크게 뜬 예랑이가 편지봉투를 이리저리 살펴보았다. 내가 너무 꼼꼼히 풀칠을 했는지 편지봉투가 잘 뜯어지지 않았다. 예랑이는 조심스럽게 봉투를 뜯어 편지지를 펼쳐보았다. 편지를 읽는 예랑이를 보고 있자니 내 가슴이 두근두근했다. 좀 쑥스럽기도 했다. 편지를 읽어 내려가던 예랑이의 입가에 미소가 지어졌다.

"지안아! 나도 탭댄스 좋아해! 7살 때 교회에서 조금 배웠었거든."

"어머 정말!"

편지 속에서 탭댄스라는 단어를 보더니 예랑이는 감탄하며 말했다. 나도 정말 이런 우연이란 것이 있나 깜짝 놀랐다. 편지를 쓰길 정말 잘 했다는 생각이 들었다.

쉬는 시간에 예랑이와 손을 잡고 화장실에 가다가 3반 교실에서 멈춰 섰다. 괜히 큰소리로 알은체를 했다.

"하율아! 은지야!"

하율이와 은지가 당황한 듯하더니 얼굴에 미소를 지으며 손을 흔들어 주었다. 그리고 복도로 나왔다.

"내 짝이 왔어!"

나는 들뜬 목소리로 짝을 소개했다.

"아 독감에 걸렸다던 예랑이가 드디어 왔구나!"

"축하해! 지안아." "이제 우리 다 같이 놀면 되겠다!"

하율이와 은지는 나에게 친구가 생긴 것을 진심으로 축하해 주었다. 다 같이 놀자고까지 했다. 하율이에게 친구가 생긴 걸 못마땅하게 생각했던 내 마음이 못나게 느껴졌다.

종례 시간에 방과 후 수업 신청을 받았다. 축구, 오카리나, 우쿨렐레, 칼림바, 독서 등 여러 가지 이름 중에 연극수업에 갈호하고 '탭댄스'라는 단어가 쓰여 있었다. 나는 눈이 확 뜨였다. '탭댄스'라니, 예랑이와 나는 놀란 토끼 눈을 하고 서로를 쳐다보았다.

"예랑아 우리 방과 후 수업 같이 해보자!"

"좋지 좋아. 집에 가서 엄마한테 허락받자!"

내가 좋아하는 것을 짝과 함께 배울 수 있게 된다는 상상을 하니 날아갈 듯 기뻤다.

나와 예랑이는 담임선생님 말씀이 끝나기가 무섭게 방과 후 수업 안내장을 펄럭이며 각자의 집으로 달려갔다.

"엄마! 엄마! 나 탭댄스 배울래."

문을 열자마자 소리치는 바람에 엄마는 깜짝 놀랐다.

"뭔데 그래?"

"엄마 나 배우고 싶은 것 생겼어! 지난번에 백화점 공연장에서 본 탭댄스 있지? 그 수업이 방과 후 수업에 있대! 나 이거 배워볼래!"

"그래? 그거 잘 됐네. 우리 지안이가 하고 싶은 것이 생기다니 말이야."

연극 수업 첫날, 두근거리는 마음으로 강당으로 갔다. 다른 수업은 교실이나 운동장에서 있었고 연극 수업은 강당에서 있었다. 연극 수업도 기대가 되지만 탭댄스를 빨리 배우고 싶었다. 첫날은 선생님이 연극에 대하여 간단한 설명을 해주었다. 연극은 같이 노는 것이라고 강조했다. 쉬는 시간이랑 밥 먹는 시간, 놀이 시간을 싫어 할 아이들은 없을 것이다. 나도 마찬가지다. 놀이로 하는 수업이 기대가 됐다. 춤도 추고 역할극도 하는 연극놀이에, 탭댄스까지 배운다고 생각하니 몸이 붕붕 떠서 하늘의 구름이라도 잡을 것만 같았다.

아이들은 강당 빈 곳을 서로 자유롭게 걸어 다녔다. 처음에는 부딪히지 않게 걷다가 선생님이 신호를 주면 서로 악수를 하고, 하이파이브도 하면서 인사를 나누는 놀이를 했다. 장난 끼가 많은 남자 아이는 바닥에 큰절을 하기도 해서 우리는 다 같이 웃었다. 인사만 해도 즐거운 연극놀이가 앞으로 더 기대가 됐다. 탭댄스도 빨리 배울 수 있으면 좋겠다. 연극 수업 신청을 하며 주문한 탭 슈즈는 다음 주에 받을 수 있다고 했다. 나만의 탭 슈즈가 기다려진다.

하율이와 은지에게도 탭댄스를 배우게 되었다고 자랑을 했다. 둘은 탭댄스를 어떻게 추는지 궁금해 했다. 다음에 연습을 많이 해서 꼭 보여주고 싶다.

드디어 탭 슈즈를 받는 날이 돌아왔다. 담임선생님 말씀이 끝나자마자 예랑이와 나는 쏜살같이 강당으로 뛰어갔다.

"얘들아 어서 와! 자기 이름이 쓰여 있는 탭 슈즈를 가져가렴."

아이들은 각자 자기 탭 슈즈를 가져가 신어 보았다. 반짝반짝 윤이 나는 쇠붙이가 바닥에 붙어 있는 탭 슈즈는 한마디로 폼이 났다. 신발끈을 단단히 묶고 나니 슈즈가 발과 하나가 된 것처럼 몸이 가벼워졌다. 아이들이 신은 탭 슈즈는 제 각각의 시끄러운 소음을 냈다. 그래도 우리는 너무 신이 났다. 걸을 때마다 들리는 경쾌하고 맑은 소리는 신고, 걷기만 해도 기분이 좋아졌다.

　자유롭게 걷기를 하다가 선생님의 지도에 따라 다 같이 한 걸음 한 걸음 스텝을 따라했다. 또각또각 거리는 소리가 강당에 울려 퍼졌다. 함께 박자에 맞추어 움직이니 멋진 소리가 만들어 졌다. 내 심장소리도 같이 박자를 맞추었다. 땀을 흘리며 기분 좋게 웃고 있는 아이가 거울 앞에 서 있었다. 예랑이와 나는 손을 잡고 거울 앞에서 스텝을 연습했다. 가쁜 숨과 함께 서로의 얼굴을 보며 웃었다. 아직은 어설픈 스텝을 밟고 있지만 어서 빨리 하율이와 은지에게 우리의 멋진 탭댄스를 보여주고 싶다. 이번 주말에는 다 같이 떡볶이를 먹으러 가자고 해야겠다. 그리고 탭댄스가 얼마나 신나고 재미있는지 이야기를 해주어야겠다.

우리들 세상

유은솔

유은솔   어렸을 때 반항심이 많았다. 어른들을 별로 안 좋아했다. 어른들에게 인사를 안 하

고 꼿꼿이 서 있는다고 혼나기도 했다. 사회화가 되어 이제는 인사를 잘한다. 지나

친 간섭과 권위주의, 의미 없는 관행은 여전히 싫다. 솔직하고 자유롭게 자신의 생

각을 표현하는 사람을 좋아한다. 어른과 아이가 동등하게 대우받고 존중받기를 바

란다. 해맑은 아이의 마음으로 사는 게 목표다.

"응애!"

왕의 호령이 떨어졌다. 저건 분명 유죄 판결이다. 힘찬 울음소리와 동시에 객석이 술렁였다.

"세상에, 왕이 저렇게 크게 우시는 건 처음 봐!"

"쯧쯧. 죄가 어지간히 많은 모양이야."

"착한 사람인 줄로만 알았는데, 번지르르한 말솜씨에 깜빡 속을 뻔했네."

수군거리는 사람들 사이로 나는 고개를 빼꼼 내밀었다. 까치발을 한 채, 갓 지은 흰쌀밥 같은 왕의 얼굴을 유심히 쳐다봤다. 오늘따라 유달리 볼살이 통통해 보였다. 왕은 태어난 지 고작 6개월 차다. 투명한 호수 같은 눈으로 마음속까지 훤히 꿰뚫어볼 수 있는 나이다.

"어데데 때 데에~"

왕이 곧이어 옹알거렸다. 잔뜩 인상을 찌푸린 탓에 모두가 숨을 죽였다.

"네 마음에 더러움이 가득하구나!"

신임 통역관이 재빨리 왕의 뜻을 전했다. 통역관 옆에서 기자들이 찰칵찰칵 카메라 셔터를 눌러댔다. 왕의 법정 방문은 꽤 오랜만이라, 다음날 신문에 대서특필될 게 뻔했다. 서기는 왕의 옹알이 한 마디라도 더 받아 적으랴 바빴다. 구경꾼들은 환호와 야유를 동시에 보냈다. 착하고 의로운 왕에게는 찬사가, 방금 막 죄인이 된 회계사에게는 비난이 쏟아졌다.

'흠, 이번 판결은 정말 뜻밖인걸. 저 사람은 틀림없이 무죄일 거라고 생각했는데 말이야.'

도무지 납득이 되지 않는 결과였다. 나는 입맛을 다시며 곰곰이 생각에 잠겼다. 피고인은 성당의 고급 시계를 팔아 가난한 사람들에게 나눠주고, 그중의 10%를 자기 것으로 챙겼다. 평소에도 자선 사업을 밥먹듯이 하기로 소문이 자자한 사람이었다. 속셈이 뭐가 됐든, 결과적으로 많은 이웃을 구제하고 사회를 이롭게 한 자가 아닌가? 그런 사람이 크나큰 죄인이라니. 내 생각과 왕의 판단에는 분명한 차이가 있었다.

"아이의 직감은 언제나 옳아. 지혜는 아이들의 깨끗한 마음에서 솟아 나와. 그러니 우리는 그들의 말을 믿고 따라야 해. 나이를 먹을수록 몸이 커지고 힘도 세지지만 마음의 총명함은 날로 떨어져가지. 어른들은 부족한 지혜를 바깥 지식으로 채울 수밖에 없어."

14세부터 학교에서 지겹도록 교육받은 내용이다. 미취학 아동, 그러니까 13세 이하의 어린이는 지혜의 소유자로 인정받아 사회의 요직에 배치된다. 그들은 국회의원, 외교관, 재판관 등을 도맡아 세상을 이끌어간다. 무엇이든 중요한 판단을 할 때면 어김없이 그들의 자문을 구한다. 그중에서도 왕은 가장 어린 신생아가 맡는다. 왕의 옹알이를 정확히 통역하는 일은 5세 이하가 한다. 그 나이대 아이들은 가장 성스러운 영혼이니까 특히 존경해야 한다고 배웠다.

가장 낮은 사람이 가장 높이 여김을 받는 세상. 태어나면서부터 그렇게 정해져 있었다. 의문을 품는 사람은 아무도 없었다. 한 살 한 살 먹어갈수록 지혜가 닳는다고 생각하니 슬프고 화가 났다. 멍하니 거울을 바라볼 때면 숨이 막혔다. 진해진 다크서클, 새로 생긴 흰머리 한 가닥을 발견할 때면 더 그랬다. 눈을 질끈 감으면 이상한 생각이 들었다.

'나이가 든다고 꼭 지혜가 줄어드나? 나는 올해 25살이지만 여전히 5살처럼 똑똑한걸. 계속 재판관을 해도 될 만큼.'

20살 무렵부터 지독히 나를 괴롭힌 생각이다. 나 역시 남들처럼 5살에 재판관을 역임했다. 현명하기로 꽤나 이름을 날렸었다. '베이비 솔로몬' 소리도 듣고 말이다. 옛날 기억이 자꾸 떠올라 눈을 번쩍 떴다. 계속 이 생각을 하면 안 될 것 같았다.

거리로 나가니 쨍쨍한 햇볕이 내리쬤다. 절로 눈살이 찌푸려졌다. 퇴근하는 아이 법관들을 모신 특급 유모차가 쌩 지나쳐 갔다. '야호~' 소리를 지르며 해맑게 웃는 그들의 뒷모습이 왠지 얄미웠다. 유모차가 향하는 곳은 아이들의 초호화 레저 생활을 책임지는 황금빛 호텔

이었다. 온갖 장난감과 놀이기구가 가득한 수영장, 거대한 모래놀이 체험장, 3층짜리 레고 왕국, 성공률 100%의 인형 뽑기 기계, 밟으면 노래가 나오는 트램펄린 등. 천국이 따로 없었다. 단, 7세 이하만 출입 가능했다.

그 호텔 외에도 '노 어덜츠 존(no adults zone)'은 곳곳에 널려 있었다. 놀이공원, 놀이터, 축제, 만화방, 레스토랑 등등. 어른이 들어오면 분위기가 축 처진다며 '19세 이상 입장 금지' 간판을 내걸었다. 어디에도 어른들만을 위한 공간은 없었다. 처량한 노예 신세가 따로 없었다. 가슴속에서 울컥 화가 치밀어 올랐다. 곱씹을수록 내 상황이 억울했다.

밖은 화창하고 구름 한 점 없었다. 무더운 날씨 때문인지 걸을수록 열이 뻗쳤다. 아이들을 모셔 가는 유모차들을 벌써 열 번은 마주쳤다. 그들의 편의를 봐주는 건 언제나 어른들의 몫이었다. 문득 묘한 기분이 들었다. 모든 게 완벽하고 제자리에 있는데, 이상하게 다 뒤엎고 난장판을 만들고 싶었다. 리셋 버튼을 누르고 세상을 처음부터 다시 시작할 수 있으면 참 좋을 것 같았다.

법정에서 나도 모르게 긴장한 탓일까? 속이 울렁거려 잠깐 약국에 들르기로 했다.

"저 속이 안 좋은데, 소화제 하나 주시겠어요?"

"네, 여기 있습니다. 방명록에 이름 적고 가시면 다음 방문 때 참고하겠습니다."

이름을 남기고 문을 나서려는 순간, 약사의 목소리가 발걸음을 붙잡았다.

"어.. 오태수 님? 혹시 20년 전 새빛시에서 재판관 하지 않으셨나요?"

"맞습니다만. 저를 아시나요?"

"알다마다요. 저희 가족의 은인이신걸요. 그때 선처해주신 덕분에 저희 아버지가 살았어요."

이야기를 들으니 20년 전 기억이 되살아났다. 억울한 누명을 쓴 40대 남성을 도와준 일이 있었다. 약사는 한참 동안 감사 인사를 건넸다. 괜스레 으쓱해졌다.

"딸랑!"

종소리와 함께 약국 문이 열렸다. 이마에 주름이 깊게 패인 한 노인이 들어왔다. 밖으로 나가려는데 저절로 시선이 끌렸다. 순간 그와 눈이 마주쳤다. 그의 눈은 반짝이는 보석을 숨기고 있는 바다 같았다. 처음 보는 사람에게서 왠지 모를 동질감이 느껴졌다. 노인은 내 얼굴을 빤히 쳐다보다 빙그레 미소를 지었다. 나는 아차 하며 마저 약국 문을 열고 근처 식당으로 향했다. 허기진 배를 채워야 할 것 같았다. 밥을 먹으면서도 노인의 눈빛이 자꾸 아른거렸다.

"안녕하세요."

바로 앞에서 들리는 목소리에 고개를 들었다. 아까 그 노인이었다. 노인은 자기도 밥을 먹으러 왔다며, 괜찮으면 합석하자고 했다. 나는 흔쾌히 수락했다. 밥을 먹으며 이런저런 얘기가 오갔다. 신기할 만큼 말이 잘 통했다. 놓치고 싶지 않은 사람이었다.

우리는 식사를 마치고 잠깐 공원을 산책하기로 했다. 선선한 바람이 코끝을 간지럽혔다. 해는 뉘엿뉘엿 산 뒤에 숨으려 하고 있었다. 노을이 우리를 반겨주는 것 같았다. 노인은 벤치에 앉아 넌지시 말을 건넸다.

"눈을 보니 생각이 많아 보이는군요."

"생각이야 늘 많죠. 노인께서도 속에 뭔가를 품고 있는 것 같은걸요."

"야망은 있지만 이 나이 먹고 뭘 하겠어요. 태수님같이 몸에 힘이 넘치지도, 그렇다고 머리가 똑똑하지도 않은걸요."

"힘과 지혜가 충분하다면 뭘 하고 싶으신데요?"

나는 슬쩍 노인을 떠봤다.

"왕의 자리에 앉아 더 좋은 세상을 만들고 싶죠."

"더 좋은 세상이요?"

예상치 못한 노인의 대답에 눈이 저절로 커졌다. 갑자기 심장이 빨리 뛰기 시작했다.

"지금 세상을 보세요. 모든 권력을 아이들이 독점하고 어른들은 노비와 같은 처지잖아요. 아무리 아이들 직감이 좋다지만 그들이라고 실수를 안 할까요? 나도 소싯적에 왕의 곁에서 일한 적이 있어요. 갓 태어난 아기라 직관력은 최고지만 지식은 하나도 없는지라 그도 실수를 하더군요. 왕의 판단이 언제나 정답일 수 없음을 그때 깨달았어요. 어쩌면 태수님 같은 분이 계속해서 지식을 쌓으면 왕보다 더 지혜로워질지도 모르죠. 그럼 어른과 아이 모두에게 이로운 세상을 만들 수 있을 거예요. 우리들이 살기 좋은 세상 말이에요."

노인의 말은 파격적이었지만 그럴 듯하게 들렸다. 나 역시 어른이 왕인 세상을 1초 정도 상상해본 적이 있었다. 내가 왕의 보좌에 앉아 기가 막히게 현명한 판결을 내리고 다른 모든 사람들이 나에게 박수를 보내는 상상도. 당시에는 너무 망측한 상상인 것 같아 머리를 절레절레 흔들었다. 그러나 다른 사람 입에서 똑같은 이야기를 들으니 느낌이 달랐다.

'내가 계속 지식을 채우면 왕과 같이 될 수 있다고? 하긴 난 지금도 나이에 비해 똑똑한 데다 아는 것도 꽤 많으니까. 그래, 나 같은 사람이 열심히 공부하다 보면 금방 왕처럼 지혜로워질 수 있을 거야. 지혜에 지식까지 갖춰지면 내가 왕보다 공평한 재판을 할 수 있겠는걸.'

생각할수록 설득력 있는 주장이었다. 어지러웠던 속이 진정되며 깊은 곳에서 기쁨이 새어 나왔다. 동시에 한 번도 가보지 않은 길에 대한 두려움도 들었다. 내가 세상을 변화시킬 수 있을까? 아직 자신감이 없었다. 노인은 지긋이 웃으며 나를 바라봤다.

"태수님이 결단을 내리신다면 제가 옆에서 도울 수 있지요. 태수님은 그럴 만한 자질이 충분히 되는 분이니까요."

그는 내 능력과 가능성을 추켜세우며 은근히 용기를 불어넣었다. 그의 말을 들을수록 무엇이든 성공할 것 같은 예감에 자꾸만 들떴다.

해질 무렵 시작된 대화는 푸르스름한 동이 틀 때까지 이어졌다.

그날 이후, 노인은 자기의 친구들을 소개해줬다. 우리는 밤낮 어울려 다니며 열렬한 대화를 나누었다. 대화 주제는 늘 비슷했다. 사회에 대한 불만을 토로하고 왕의 자질에 의문을 던지곤 했다. 우리의 목소리는 알게 모르게 주변에 영향을 미쳤다. 먼저는 단골 식당 주인이 우리를 찾아왔다.

"혹시 저도 대화에 끼어도 될까요? 일하다 보면 손님들이 무슨 이야기 하시는지 다 들리거든요. 근데 유독 이쪽에서 들려오는 말들에 관심이 가서요. 좀 더 자세히 들어보고 싶습니다."

나는 혁명적 변화를 꿈꾸는 우리의 생각을 가감 없이 전달했다. 설명을 다 들은 그는 천천히 고개를 끄덕였다. 그도 우리 모임에 동참하고 싶다고 했다. 3일 뒤에는 식당 주인의 부인이, 열흘 뒤에는 그 부인의 친구 2명이 합류했다. 그렇게 하나둘씩 동료들이 늘어갔다.

우리의 계획은 입소문을 타고 삽시간에 퍼졌다. 아이들을 향한 불만과 사회 구조에 대한 불신이 뭉게뭉게 피어올랐다. 소문이 온 도시 어른들에게 퍼지는 데는 한 달이 채 걸리지 않았다.

아이들이 모두 꿈나라에 간 시간, 밤 11시. 동네 어른들이 마침내 한 자리에 모였다. 마을 회관에서 우리의 생각을 구체화하기 위해서였다.

"자, 어서들 앉으세요. 오늘 우리는 중요한 회의를 할 겁니다. 세상을 뒤집어엎을 획기적인 아이디어가 필요해요. 아이들을 제치고 우리들이 이끌어가는 세상을 만들려면요."

"어떻게 세상을 뒤집는단 말이오?"

회의실이 술렁였다. 참석한 사람들의 의견은 다양했다. 나와 노인 같이 사회 개혁에 뜻이 확고한 강경파, 그저 현상 유지를 바라는 온건파, 아무 생각 없이 따라 나온 사람 등. 다양한 목소리를 하나로 묶기엔 무리가 있었다. 무엇보다 혁명의 방법을 두고 의견이 엇갈렸다.

"아이들이 좋아하는 사탕, 초콜릿, 과자로 유혹해보면 어떨까요? 평생 먹을 수 있는 간식 꾸러미를 줄 테니 우리에게 왕위를 넘기라고요!"

"그건 너무 단순하잖아요. 사실 아이들은 놀고먹는 것보다 지적 즐거움을 더 좋아해요. 새로운 걸 배울 때 눈이 가장 반짝반짝한걸요."

"그럼 어떡하면 좋아요? 이젠 뇌가 굳어서 아이디어가 안 나오네요."

"확실한 건, 말로는 그들을 설득할 수 없을 거예요. 날카롭게 우리 논리의 허점을 지적할 게 뻔해요! 당장 우리부터가 왜 혁명이 꼭 필요한지 납득이 안 됐잖아요."

맞는 말이었다. 따지고 보면 혁명의 당위성을 납득시키기 위해 그럴 듯한 명분을 갖다 붙였을 뿐이었다. 이성보다는 감정이 앞선 결정. 하지만 이제 와서 돌이킬 순 없었다. 어떻게든 이 일을 성공시키고 말겠다는 오기가 타올랐다. 나는 꿀 먹은 벙어리처럼 입을 꾹 다문 채 머리를 굴렸다. 지혜로운 아이들을 이길 방법이 도무지 떠오르지 않았다. 그때 누군가 말했다.

"음.. 조심스럽지만 제가 한 말씀 보태겠습니다."

그는 잠시 뜸을 들이다 이야기를 이어갔다.

"일주일 전에 이런 일이 있었어요. 하루 일과를 마치고 집으로 돌아가던 길이었는데, 웬 아이가 울상을 짓고 서 있더라고요? 무슨 일이냐고 물으니 티셔츠에 껌이 붙어서 안 떨어진대요. 제가 도와주려고 가까이 다가갔는데 진짜 잘 안 떼지더라고요. 그래서 저도 모르게 팔에 힘을 준 상태로 껌이랑 씨름을 하게 됐죠."

"그게 뭐 어쨌단 말이에요?"

성미 급한 아주머니가 끼어들었다.

"그러다 실수로 제 팔로 아이의 턱을 쳐버렸어요. 그랬더니 아이가 뒤로 고꾸라져 픽 쓰러져버리지 뭐예요. 아이들은 보기보다 약해요. 작은 충격에도 쉽게 상처를 입을 수 있어요. 그러니까 어른의 힘을 잘 이용하면..."

"아니, 그럼 아이들을 힘으로 누르잔 소리예요? 어떻게 감히 그런 생각을..."

여기저기서 야유가 터져 나왔다. 쉽사리 받아들일 수 없는 의견이었다. 나 역시 한 번도 생각해보지 못한 방법이라 당황스러웠다. 소란스러운 와중에도 노인의 표정은 고요했다. 줄곧 침묵을 지키던 그가 결국 입을 열었다.

"그럼 그 방법은 최후의 보루로 남겨 두죠. 되도록 말로 해결하고, 정 안 되면 손을 써보는 걸로."

논쟁은 그렇게 일단락되었다. 어른들은 자기들이 꾸미는 일에 일말의 불편함을 느끼면서도, 앞으로 펼쳐질 새로운 세상을 한껏 기대하며 헤어졌다.

혁명은 바람처럼 고요하게 시작됐다. 한 번 터져 나온 불만의 씨앗은 꺼질 줄을 몰랐다.

"우리가 왜 아이들 뒷바라지나 하며 살아야 해? 우리도 우리 인생이 있다고. 당장 어른들을 위한 세상을 만들자!"

입에서 입으로, 집에서 집으로 불길이 전해졌다. 어른들은 빠르게 결집했다. 한 곳에 모일 필요도 없이, 각자의 장소에서 일이 진행됐다. 아이들을 압도하는 방법은 간단했다. 덩치 큰 어른이 말로 겁을 주면 그들은 울며 달아났다. 그렇게 일터에서 아이들을 하나둘 내쫓았다. 때로는 겁이 없는 아이도 마주칠 수 있었다.

"아저씨, 지금 뭐하는 거예요? 멀쩡히 일하고 있는 친구들을 왜 쫓아내요?"

아홉 살짜리 국회의원이 까만 눈을 동그랗게 뜨고 반문했다.

"꼬마 의원님, 이제는 여기서 일할 필요 없어요. 집에 가서 그냥 장난감 가지고 놀면 돼요. 법을 만들려면 방대한 지식이 필요하니, 그건 우리 어른들이 할게요."

처음에는 살살 타이르듯이 일렀다. 그러나 아이는 납득이 안 되는 일을 순순히 따르지 않았다.

"싫어요! 나는 이 일이 좋아요. 내가 잘할 수 있는 일이니까요. 그러니까 계속 할 거예요."

어쩔 수 없었다. 말이 통하지 않는다면 '그 방법'을 쓰는 수밖에. 나는 찝찝한 마음으로 주먹을 들었다. 아이는 처음 겪어보는 상황에 놀란 기색도 없었다. 다만 투명한 눈으로 끝까지 나를 응시할 뿐이었다. 차마 눈을 마주칠 수 없었다. 나는 두 눈을 질끈 감고 허공에 팔을 휘둘렀다. 퍽 소리와 함께 아이가 쓰러졌다. 힐끗 내려다본 아이는 생각보다 더 작고 약했다. 말로 형용할 수 없는 죄책감에 재빨리 자리를 피해버렸다.

상황은 빠르게 종결됐다. 곳곳에서 어른들의 승전보가 들려왔다. 쫓겨난 아이들은 꼼짝없이 집에 갇혔다. 그들을 위한 새로운 공간, 유치원과 어린이집을 조만간 대거 마련하기로 했다.

혁명은 성공했다. 우리는 새로운 사회를 위한 규칙들을 만들었다. 첫째, 모든 아이는 부모의 소유로서 가정에 귀속시킨다. 둘째, 아이는 어른에게 무조건 존댓말을 쓴다. 어른은 아이에게 반말을 써도 된다. 셋째, 아이가 어른을 보면 고개 숙여 인사하며 예의를 갖춘다. 넷째, 아이들의 직업을 거두고 8살부터 학교에 보낸다. 학교에서 새로운 예의범절과 규칙들을 자연스럽게 익히도록 한다. 다섯째, 교육을 거부하거나 어른에게 반항하는 아이에 한해 체벌을 허용한다. 아이를 혼내는 것은 부모와 교사의 교육적 특권이다. 여섯째, 전문 직업을 가질 수 있는 자격 요건은 충분한 지식, 그리고 20세 이상의 나이로 정한다.

이제 어른들을 위한 새날이 밝았다. 이겼지만 진 듯한 찝찝한 기분을 뒤로 한 채, 나는 애써 미소를 지었다.

젤리탐정

박세은

박세은   젤리처럼 말랑한 것을 좋아합니다. 먹는 젤리는 순간의 달콤함을 주지만, 동물들 발

바닥에 붙어있는 젤리는 사람에게 행복을 주는 숨겨진 버튼이라고 생각합니다. 동

물들의 순수함이 담긴 젤리 공격을 받고 있으면 나도 모르게 미소가 지어지곤 합니

다. 그들의 순수함이 담긴 젤리 공격을 통해 우리 마음도 그들과 같은 마음으로 살

아가면 좋겠습니다.

인스타그램: @li_bucket

1일

"문주영, 너 뭐해?"

다흰이가 옆에서 두 번이나 소리쳤다. 합창단 단장까지 하고 있는 다흰이는 작게 말해도 교실 전체가 울릴 정도로 목소리가 컸다. 우리는 항상 붙어 다녔고, 오늘도 어김없이 같이 집에 가는 중이었다. 그런 다흰이의 말도 못 들은 이유는 바로 내 앞에 있는 동물 때문이다. 어쩜 이렇게 작고 귀여운 생물이 있을까?

집에 가려면 큰 시장을 거쳐가야 했었는데, 시장 입구에는 항상 강아지 아저씨가 있었다. 아무것도 모르는 보석 같은 눈망울과 귀여운 혓바닥이 나를 집으로 가지 못하게 묶어둔 것 같았다. 마치, 눈으로 마법을 부리는 게 아닐까라고도 생각했다. 그런데, 오늘은 강아지만 있던 게 아니었다. 고양이도 함께 있었다. 귀여운 갈색 털과 흰색 털은 한데 섞여 눈송이 같은 털 뭉치를 계속해서 만들어내고 있었다.

"나 고양이 살까? 아니다 살래!"

"괜찮겠어? 엄마에게 물어보는 게 좋을 텐데.."

"너무 귀엽잖아. 일단 데려가면 분명 좋아하실 거야."

팻말에는 믹스종 20,000원이라고 적혀있었다. 동물을 데려가는 건 적어도 부모님께 상의해야 한다는 다흰이의 말을 무시한 채, 아저씨에게 돈을 냈다. 아저씨는 환불은 절대 안 받는다면서 작은 상자에 흰색과 회색이 섞인 고양이를 담아 내게 주었다. 눈이 너무 맑았다. 작은 호수가 있다면 이럴 것이다 라는 생각도 들었다. 고양이가 담긴 박스를 소중히 안고 집으로 향했다. 집에 도착한 후, 좋아하실 거라는 예상과 달리 엄마는 눈을 찌푸렸다.

"어디서 데리고 온 거야?"

엄마는 항상 그랬다. 다그치는 것보다는 '왜?'가 중요했다. 이미 벌어진 일에 대해 혼내기보다는 이유를 물어보는 엄마가 너무 좋았다. 그래서 설득할 수 있을 거라고 자신감 있게 데려온 것도 한 몫했다. 내 키에 맞춰 눈을 마주치는 엄마를 보며 머리를 굴리기 시작했다. 그리고 자신감 있게 대답했다.

"너무 귀엽잖아! 내가 키우고 싶다고 말했는데, 사주지도 않고.."

"엄마는 주영이가 준비가 되면 데려오고 싶었어."

"준비? 무슨 준비?"

"주영이가 새로운 친구를 맞이할 준비"

무슨 말인지 도통 알 수가 없었다. 나는 이미 준비가 끝났는데 무슨 준비를 더 해야 한다는 말이지?

엄마는 어쩔 수 없으니 우선 키워보기로 하자고 했다. 대신, 고양이를 기르면서 꼭 해야 하는 것들은 모두 나보고 하라고 했다. 위생용품 등 필요한 용품도 직접 선택하도록 했고, 볼일 본 것도 내가 직접 치우라고 했다. 말이 나온 김에 구매하자며 엄마와 앱으로 이것저것 구매했다. 여러 상품을 보면서 고양이와 강아지 용품이 차이가 있다는 것을 알고 너무 신기했다. 제일 신기했던 건 고양이는 강아지처럼 배변 패드가 필요가 없고, 모래로 해결한다는 것이다. 새로운 동물에 대해 알아가는 건 너무 재밌었다. 나와 대화는 할 수 없지만, 다횐이 말고도 소중한 친구가 생긴 것 같아서 기뻤다. 이 사실을 다횐이에게 전해야겠다 싶어서, 고양이를 보여주며 영상통화를 걸었다.

"짠! 다횐아 인사해. 새로운 내 동생이야."

"엄마가 허락해 주셨구나. 부럽다아.. 이름은 정했어?"

"아직 고민 중이야. 정해지면 알려줄게."

한 명의 관객을 위한 팬미팅이 무사히 끝나고, 나는 다음 날 학교에 가서 자랑할 생각에 들떠있었다. 우리 반에서 고양이를 키우는 사람은 나밖에 없을 거야. 유일한 고양이 동생을 둔 반장이라니. 타이틀이 꽤나 멋지잖아?

2일

자랑하고 싶어서 다른 때보다 10분이나 일찍 학교에 도착했다. 아침 당번이라 일찍 나온 다휜이는 자기보다 먼저 도착한 나를 보고 그렇게 자랑하고 싶었냐는 말을 남기고는 화단에 물을 주러 갔다. 선생님이 들어오셨고, 아침 조회로 오늘 하고 싶은 일을 1가지씩 말해보라고 했다. 듣자마자 오늘은 왜 이리 일이 잘 풀릴까 생각했다. 우리 담임 선생님은 소통을 중요시했다. 절대 반에서 왕따가 나와서도 안 되고, 다 같이 친하게 지내야 한다는 생각으로 우리들을 대했다. 그런 선생님의 특별 조회 시간은 우리에게는 재밌는 토론 시간이 되었다. 한 명씩 손을 들고 얘기했고, 나는 멋있는 반장답게 조용히 마지막을 기다렸다. 역시 주인공은 마지막에 등장해야 하는 거 아니겠어? 그리고 드디어 내 차례에 나는 고양이 자랑을 할 수 있었다.

"저는 오늘 고양이 동생하고 놀아줄 거예요."

"고양이 동생?"

담임 선생님이 궁금한 듯 다시 물어보셨고, 나는 어제 생긴 동생이라고 대답했다. 선생님은 좋겠다면서 이름이 뭐냐고 물어봤다. 아직 짓지 않았다고 하니 다 같이 의견을 내서 정해보자며 내 동생 이름 정하기를 내일 아침 회의 안건에 올리자고 했다. 부러워하는 친구들의 소리에 나는 한껏 들떠서 자리에 앉았다. 마지막 친구가 말할 차례가 됐고, 그 한마디에 나는 발표한 친구를 향해 휙 돌아볼 수밖에 없었다.

"저는 학교 끝나고 엄마랑 강아지랑 애견 카페에 가기로 했어요."

강아지라는 말을 듣자마자 아이들은 사진을 보여달라고 했다. 친구는 지갑에서 수줍게 사진 두어 장을 꺼냈다. 사진 속에는 귀여운 흰색 털과 까만 점 3개가 있는 듯 한 강아지가 있었다. 고양이를 키운다는 내 발표가 한순간에 묻혀 버렸다. 그 친구 탓은 아니지만, 기분이 좋지는 않았다. 금방 이리 휩쓸리고 저리 휩쓸리는 파도처럼 친구들이 바보 같았다. '하지만, 뭐 어쩌겠어? 귀여운 걸로 치면 내 고양이가 더 귀엽지'라고 생각하던 찰나, 친구들의 말에 기분이 더 안 좋아졌다.

"고양이는 엄청 도도하다잖아! 그에 반해 강아지는 사람을 엄청 좋아하고 말이야."

"에이, 그래도 개냥이라는 말이 있잖아."

"개냥이라는 말이 강아지가 사람을 좋아하니까 강아지만큼 활발하다는 뜻 아니야? 그럼 비교할 수 없지."

"그래두…"

다훤이가 열심히 변호해 주었지만, 결국 고양이는 도도하다는 쪽으로 의견이 기울었다. 선생님은 이제 곧 수업 시작이니 준비하라고 하신 다음 교실을 나가셨다. 다훤이와 밥을 먹고 집에 가는 동안에도 내 기분은 나아지지 않았다. 다훤이가 조심스럽게 괜찮냐고 물어봐도 괜찮다고 할 수밖에 없었다. 겨우 그런 일로 삐졌냐는 평을 듣고 싶지는 않았다. 나는 최고의 반장이니까.

집에 들어오자마자 엄마는 나보고 고양이 밥을 챙겨주라고 했다.

손을 씻고, 밥을 챙겨 방 안으로 들어갔는데, 고양이가 귀여운 표정을 하며 나를 보고 있었다. 안 좋았던 기분이 살살 녹으려던 순간, 쓰다듬으려는 내 손을 고양이가 할퀴었다. 피는 많이 나지 않았지만, 배신감이 밀려들었다. 그저 밥을 주러 왔을 뿐인데, 왜 할퀴는 거야? 나는 너를 귀여워해 주고 자랑스러워하는 집사잖아! 순간 내가 나 스스로를 집사라고 생각한 게 웃겨서 실소가 터졌다.

"그래. 아직은 발톱 조절하는 법을 몰라서 그런 걸 거야. 오늘은 넘어가자. 그리고.."

나는 고양이를 용서했다. 그리고 계속 고양이라고 부를 순 없어서 이름을 지어줘야 할 것 같았다. 물론 내일 아침에 정하겠지만, 비교했던 게 생각이 나서 친구들에게 내 동생 이름을 짓게 하고 싶지 않았다. 뭐가 좋을까 생각하다가 내가 요즘 좋아하는 만화책에 나오는 주인공이 생각났다. 친한 친구가 다른 친구들에게 왕따를 당하는 상황에서도 주인공은 친한 친구의 곁을 지켜주며 결국 모든 친구들이랑 화해를 시켜주는 내용이다. 아무에게도, 특히 제일 친한 다흰이에게도 말 못 하는 내 고민을 고양이가 들어준다면 큰 힘이 될 것 같았다.

"너 이름은 앞으로 승아로 하자. 잘 부탁해 문승아!"

승아를 보며 행복하게 웃다가 다음날을 기다리며 잠이 들었다.

3일

"그냥 제가 정할게요. 아니 정했어요."

오늘 회의는 최악이었다. 이미 승아로 정했지만, 어제 회의 안건으로 하자고 이야기가 나왔기 때문에 어쩔 수 없이 회의를 해야 했다. 나는 회의 안건의 주인공인 만큼 선생님 키만 한 교탁에 가서 진행을 하게 됐다. 내 친동생처럼 키울 예정이고, 그럴 목적으로 사 왔으니 멋지게 지어달라고 부탁했다. 그러자 장난이 심한 친구들은 사 왔다는 것 자체가 토종 고양이가 아닌 거냐고 물었다. 토종 고양이던 아니던 그냥 내 동생으로 봐주면 좋겠다고 반박하자 그 친구의, 친구의, 친구들까지 웃었다. 어떻게 고양이가 사람도 아니고 동생이 되냐면서 말이다. 선생님이 급하게 중재하기 시작했다.

"여러분, 어떤 방식으로 데려왔던 반려동물도 가족이에요."

나는 울고 싶었다. 멋진 반장이 우스운 반장으로 바뀌는 순간이었다. 나는 그만하고 싶다고 말했고, 선생님은 알았다고 한 뒤 마무리를 지었다.

"본인이 그렇다고 해서 다른 사람들도 내 생각과는 같을 수 없어요. 서로 다름을 이해해주는 3반이 되도록 해요. 오늘 아침 회의는 이것으로 마칠게요. 아까 장난친 친구들은 꼭 주영이에게 사과하세요. 주영이에게 이따 물어볼 거예요."

선생님이 나가고 친구들은 나에게 사과를 했다. 그저 장난이 심한 거라고 넘기기엔 나에게 다가오는 건 장난 그 이상이었다. 엄마는 항상 집에서 커리어를 쌓아야 한다는 말을 자주 했다. 그리고 실수를 한 날이면 집에서 커리어에 흠집이 났다는 말을 종종 하곤 했다. 갑자기 그게 생각난 이유는 지금 내 커리어에 흠집이 났다고 생각했기 때문이다.

집에 도착한 후, 엄마에게 쿵쿵 거리며 달려가서 혹시 주변에 고양이 키우고 싶은 사람 없냐고 물어봤다. 갑자기 무슨 말이냐는 엄마의 말에 오늘 학교에서 있었던 일을 설명했다. 엄마는 실망했다는 표정으로 2일 만에 마음을 바꾸는 건 심하지 않냐고 말했다. 나는 엄마가 커리어에 흠집이 난 것처럼 반장 생활에 흠집이 나기 시작했다며 무작정 떼를 썼다. 평소에 이러지 않지만, 그냥 이번에는 이유 없이 무르고 싶었다. 엄마는 하루만 더 생각해보라며 빨래를 하러 가버렸다. 방으로 돌아온 나는 승아를 보고 귀엽다는 생각이 들다가도 한숨이 나왔다. 그리고 내가 아끼는 옷에 털이 잔뜩 묻어있는 걸 발견했다. 엄마에게 옷을 가지고 가며 이것 보라며 옷을 흔들었다.

"봐! 어떻게 이런데 내가 방에 둘 수 있겠어?"

"평소에는 이러지도 않더니, 대체 뭐가 문제인 거야? 책임도 못 질 걸 왜 데려왔어?"

"어젠 귀여웠어! 오늘은 아니야!"

"그런 게 어딨어. 생명은 다 똑같이 소중한 거야. 이미 가족으로 받아들이기로 한 거 아니었어? 이름도 지어줬다면서."

"이름 뺏을 거야! 이번에는 내 말대로 해줘. 나 이번에 맡은 반장 잘하고 싶어. 응응?"

엄마는 한숨을 쉬더니, 일단 알겠다고 했다. 그리고 방에 들어가 엄마 친구들에게 전화를 하는 것 같았다. 10분쯤 뒤에 엄마가 나와서 이모가 내일 데리러 오겠다고 했다고 했다. 이제 내 커리어에 문제는 없는 거야. 승아의 눈을 보고 잠시 미안한 마음이 들었다. 호수 같은 눈을 보고 데려온 건데, 이제는 눈을 제대로 쳐다보기 힘들었다. 하루 만에 의견을 뒤집어 버린 나를 보고 엄마와 아빠는 실망했다는 말로 이제 동물을 키우는 건 무조건 반대한다고 말씀하셨다. 방에 와서 이모에게 줄 용품을 제외하고, 나머지 용품은 팔아서 친구들과 맛있는 걸 먹으려고 중고마켓 앱에 들어갔다. 얼마에 파는 게 좋을지 몰라서 일단 오만 원이라고 적고, 장난감들을 모아서 찍어 업로드했다. 일단 높게 올리고 나중에 내리면 되겠지 뭐. 많이 받으면 좋으니까! 올려놓고 앱을 구경하다가, 목걸이 무료 나눔 게시글이 갑자기 올라왔다. 마침 보고 있던 참이라 재빠르게 [저요!]라고 댓글을 남겼다. 남기고 1분도 채 지나지 않았는데, 답글로 주소를 보내주면 우편으로 보내주겠다고 했다. 안전인증 마크를 달고 있는 판매자여서 그런지 더 안심이 됐다.

4일

　이모는 아침 일찍부터 고양이를 데리러 왔다. 아무래도 엄마가 부탁한 게 아닐까 싶었다. 엄마와 아빠는 회사에 나가야 하고 나는 학교에 가야 하니까. 어차피 돌봐줄 사람이 없는 집에 있는 것보다는 이모집으로 가는 게 나을 수도 있겠다는 생각이 들었다. 승아의 눈을 마지막으로 보고 나는 학교로 출발했다. 다흰이와 만나서 고양이 이야기를 해주었다. 내 성격을 아주 잘 아는 다흰이는 너무하다 싶으면서도, 그럴 수도 있겠네라며 나의 의견에 공감해주었다. 역시 다흰이는 내편이야.

　학교에 도착한 후, 강아지를 기르는 친구는 어김없이 질문 세례를 받고 있었다.

　"나 그때 이후로 동물 키우고 싶어서 고슴도치 키운다!"

　"나도 나도! 강아지 사진 보고 너무 귀여운 거 있지? 엄마한테 졸라서 오늘 보러 가기로 했어."

　"나는 햄스터를 기르려고, 손에 들어오는 게 너무 귀엽잖아."

　두어 장의 사진이 저렇게 크게 영향을 끼칠 거라고 생각하지 못했다. 내가 말했을 때는 사진이 없어서 그랬던 건가 싶기도 했다. 하지만, 이제 승아는 없으니 더 이상 생각하고 싶지 않았다. 첫 시간부터 하교시간 때까지 친구들은 모두 동물 이야기를 하기에 바빴다. 나도 그럴 거면 그냥 키울 걸 그랬나. 아니지. 문득 이렇게 생각하는 내가 참 못된 것 같다고 느껴졌다. 왔다 갔다 하는 친구들을 바보라고 생각했는데, 지금은 내가 더 바보가 된 것 같다. 수업이 끝나고 집에 거의 다 왔을 때였나, 우리 집 앞에 흰 봉투가 하나 놓여 있었다. 설마 하는 마음에 허겁지겁 뛰어가 봉투를 들었다. 내가 예상한 대로 무료 나눔 받은 목걸이였다. 우편물을 자주 받는 아빠는 봉투를 들고 들어오는 내게 손을 뻗었다.

"빠른데. 오늘 아침에 얘기했는데 벌써 도착하다니. 고맙다 주영아 이리 줘."

"아빠 꺼 아니야. 내 거야"

아빠는 내가 편지를 받은 것에 놀란듯 했다. 그럴 만도 하지. 편지를 주고받는 친구들은 모두 학교 친구들이어서 몰래 가방 안에 넣어서 주고받는 것 빼고는 없으니까. 방에 들어와 문을 닫고, 목걸이를 꺼낸 순간 너무 마음에 들었다. 발자국 모양의 각인이 새겨져 있는 목걸이였다. 발자국 모양에는 큐빅이 박혀 있어, 더 영롱했다. 나는 또 자랑할 생각에 빨리 학교에 가고 싶었다. 두근거리는 순간이었다.

5일

　오늘은 발걸음은 너무 가벼웠다. 아침부터 다흰이가 예쁘다고 칭찬해서 일까, 그냥 목걸이 때문일까? 한참을 생각하다가 예쁜 걸 차서 기분이 좋은 걸로 결론지었다. 그렇게 행복한 마음으로 등교하던 찰나, 갑자기 하수구 근처에서 쥐가 나타났다.

　"꺄악!"

　다흰이는 깜짝 놀라 소리를 질렀고, 잘 안 놀라는 나는 다흰이의 방패가 돼주었다. 그냥 쥐라고 설명하던 찰나에 누군가가 미안하다고 말을 했다. 주변을 둘러봤으나 아무도 없었다. 귀신인가 싶었다. 다흰이에게 방금 미안하다고 말했냐고 묻자 무서운 이야기 하지 말아 달라고 떠는 다흰이를 보고 아무 말도 아니라고 했다. 그럼 누가 말한거지..? 나도 살짝 오싹해지기 시작했다. 분명 가까이에서 들렸는데 말이다. 찜찜한 상태로 학교에 왔고, 오늘도 어김없이 친구들은 동물이야기를 하고 있었다. 이번에는 꽤나 오래가겠다고 생각했다. 자리에 앉아 수업 준비를 하려는데, 어디서 또 목소리가 들렸다.

　'아 힘들어.. 집에 가고 싶다.'

　나는 또 주위를 둘러봤다. 이번에는 교실 안이니 누군가가 집에 가고 싶다고 말한 걸 수도 있겠지만, 아까 그 목소리와 지금 목소리가 들릴 때 주위가 울리는 것처럼 들렸다. 마치 내가 동굴 안에 있다는 느낌일까? 아니 그것보다 누가 내 뇌에 들어와서 속삭이는 느낌이었다. 기분이 이상했다. 그때, 뒤에서 순간 웅성거리는 소리가 들렸다가 갑자기 멎었다. 무슨 일 있나 해서 돌아보니 고슴도치를 키운다는 친구가 학교에 고슴도치를 데리고 온 것이다. 그 고슴도치를 보고 있으니 다시 머리에 말이 울렸다. 이번에는 무섭다는 내용이었다. 나는 혹시나 싶어서 그 친구에게 다가가 한번 봐도 되냐고 물어봤다. 허락을 뜻하는 고개를 끄덕이는 친구를 보고 고슴도치를 봤다. 그리고 반대로 내가 한 말도 들을 수 있을까 궁금했다. 나는 괜찮다고 무서워하지 말라고 말을 걸어봤다.

'너 내 말이 들려? 사람인데?'

고슴도치가 되물었다. 깜짝 놀랐다. 진짜 들릴 줄은 몰랐는데, 초능력이 생긴 건가 싶었다. 이런 능력은 티브이나 영화에서만 나오던 것 아닌가. 어쩌다 이런 능력이 생겼는지 궁금했다. 하지만 호기심과 무서움도 잠시 나는 희미하게 웃음이 나왔다. 남들과는 다른 특별한 반장이 된 것이다. 다시 나는 학급에서 특별한 사람이 되었다. 초능력을 나만 가지게 돼서 너무 좋았다. 욕심쟁이라고 해도 별 수 없다. 나는 선택받은 사람이니까 말이다. 고슴도치에게 들린다고 말한 뒤, 어떻게 해주면 좋겠냐고 물어봤다. 고슴도치 주인인 친구가 무슨 말이냐고 물어도 대답하지 않고 고슴도치의 대답을 기다렸다. 고슴도치는 사람들이 쳐다보는 이 상황이 너무 무서우니 주인만 볼 수 있게 쫓아내 달라는 것이었다. 나는 이 기회에 친구들에게 증명하고 싶었다. 이 학급에 내가 정말 필요한 존재라는 것을 말이다.

"얘들아, 고슴도치가 무섭대. 우리 자리로 돌아가자."

"무슨 말이야. 네가 그걸 어떻게 알아? 그럼 이름 맞춰봐! 아직 아무한테도 안 알려줬거든."

"맞아. 우리도 모르는데 네가 어떻게 알아?! 맞춰봐!"

살짝 웃음이 나오는 걸 참고 다시 말했다.

"고돌이가 무섭다고 한다니깐?"

고슴도치 주인인 친구는 깜짝 놀라며, 어떻게 알았냐고 했다. 나는 사실대로 말했을 뿐이라고, 무서워한다는 말을 전해주고 싶었다고, 그뿐이라고 한 뒤 멋지게 내 자리로 돌아왔다. 멋있다는 친구도 있고, 무서워하는 친구도 있었지만 개의치 않았다. 그저 커리어를 찾았을 뿐이다. 이때는 몰랐다. 무엇 때문에 동물들의 말을 듣게 된 건지 말이다.

6일

　고돌이 사건 이후, 나는 우리 학교에서 유명해지기 시작했다. 복도
에서 나를 알아보는 친구들이 한 두 명씩 늘어나기 시작했다. 반대표
가 아니라 학교 전체의 대표가 된 것만 같았다. 주목받는 느낌이 너
무 좋았다. 그리고 유명해짐과 동시에 반 친구들의 친구들까지 몰래
이야기를 듣고 온 친구들이 상담을 요청했다. 문득, 티브이 프로그램
에서 초등학생이 플리마켓 같은 곳에서 직접 만든 비누를 파는 게 떠
올랐다. 그래! 나도 이걸 이용해서 장사를 한다면? 지금 받는 용돈보
다 더 많이 벌 수 있을 것이다. 마침 나는 새로운 휴대폰을 사고 싶었
기 때문에, 시작을 안 할 이유가 없었다. 나는 수학만큼은 자신 있었
다. 수학 경시대회에서 대상을 탈 정도로 암산이 주특기라고 할 정도
로 계산이 빨랐다. 가격을 곰곰이 생각한 후 결정했다. 동물의 속마음
을 전달만 해주는 건 천 원, 문제를 해결해 주는 건 육천 원을 받았다.
아무래도 해결하는 데 움직이는 비용이나 잠복 수사를 해야 할 수도
있기에 식비가 필요하다는 명목으로 오천 원으로 결정했다. 너무 많
은 게 싫었지만, 친구들은 용돈을 모아서라도 가져왔다. 처음에는 동
물을 찾는 의뢰는 아예 들어오지 않았다. 대부분 동물이 왜 토를 하는
지, 집에서 왜 나한테만 안 오는지, 산책을 가면 왜 5분만 걷다가 걷
지 않는지 등이었다. 그럼 나는 알레르기가 있는 식품이 들어간 사료
를 먹어서, 서열이 제일 낮아서 만만하게 보기 때문에, 걷는 걸 안 좋
아해서라고 대답해주었다. 처음엔 동물을 다 데려올 수 없으니 친구

들 집으로 찾아가서 해결해줬다. 덕분에 많은 친구들이랑 친해지게 됐지만, 다흰이와는 점점 멀어지는 기분이 들었다. 우리는 잠잘 시간 빼고는 거의 붙어 다녔는데 말이다. 다흰이가 서운해할 것 같아서 괜히 미안했다. 오늘은 꼭 다흰이와 시간을 보내리라 다짐하고, 약속을 잡으려던 참에 의뢰가 들어왔다. 그 친구는 곧 펑펑 올 것 같이 다가와 햄스터를 잃어버렸다고 했다. 하교 후 집에서 햄스터를 가지고 친구들에게 자랑을 하려고 나왔는데, 잠시 물을 먹고 온 사이에 없어졌다는 것이다. 언제 잃어버렸냐고 묻자, 어제라고 말했다. 당일에 못 찾은 햄스터를 어떻게 전날에 찾을 수 있을까. 막막했지만, 그 친구의 눈을 보자 거절할 수 없는 무언가의 느낌이 강하게 밀려 들어왔다. 일주일치 용돈을 모두 줄 테니 꼭 찾아달라고 친구는 거듭 부탁했다. 촉촉한 눈빛을 보자 나까지 촉촉해지는 것 같았다. 갑자기 승아가 생각났다. 의뢰를 받아들이기로 결심하고 번뜩이는 뭔가가 생각나 다흰이에게 달려갔다.

7일

"왓슨 박사, 출발하지!"

"뭐어?"

당당하게 외치자, 다휜이가 뭐하냐면서 어이없다는 듯이 웃기 시작했다. 햄스터 찾는 걸 맡겨만 달라는 내 말에 나 스스로가 탐정이 된 것 같았다. 셜록홈스와 왓슨 박사는 엄마가 자주 보는 드라마에 나오는 주인공이다. 셜록홈스가 결정적인 단서를 찾아 문제를 해결하고, 왓슨 박사가 그 이야기들을 설명하는 드라마이다. 셜록 주영과 왓슨 다휜이라니 마치 드라마 속 주인공 같았다. 다휜이에게 내용 설명을 하자, 다휜이도 재치 있게 내 말을 받아쳤다.

"좋아. 오늘도 사건을 해결해볼까, 셜록!"

아, 물론 번 돈의 10%는 다휜이를 주기로 했다. 셜록 주영과 왓슨 다휜이 된 우리는 하교 후, 의뢰인의 잃어버린 햄스터를 찾으러 마지막으로 없어진 장소 근처 공원으로 갔다. 거기서 우리는 비둘기 떼를 만났다.

'아, 배불러서 날 수가 없네. 뚱둘기라고 놀림받는 것도 부끄러워 죽겠다니깐.'

'그럼 살을 빼! 날 봐, 자주 날아서 그런지 많이 안 쪘다구.'

'날면 뭐해? 이 공원에 있으면 사람들이 밥시간에 맞춰 알아서 주던데 뭘.'

비둘기들은 저마다 이야기를 하고 있었다. 마치 공원에 놀러 온 친구들끼리 모임을 갖는 것 같았다. 말을 듣기 전에는 이런 내용들을 상상만 했는데, 진짜 저런 얘기를 하고 있었다니. 아아, 햄스터 찾아야지! 우리가 없어진 장소 근처의 이 공원으로 온 이유는 새들이 정보를 알고 있을 거라고 생각했기 때문이다. 근데 대화 내용을 보면 오래 머문 비둘기들이 많은 것 같았다.

"얘들아, 너네 이 햄스터 본 적 있니?"

'너 뭐야! 왜 우리말을 해? 아닌가 내가 인간의 말을 하고 있는 건가?'

"아니, 내가 말 거는 거 맞아. 본 적 있어?"

'거 참 신기하네. 이런 인간은 처음 봐. 난 없는데, 기다려봐!'

그나마 많이 날았을 것 같은 날씬한 비둘기에게 물어봤고, 그 비둘기는 사진을 물고 친구들에게 가서 물어보고 있었다. 많은 비둘기들이 고개를 양쪽으로 흔들며 갸우뚱거렸다. 다휜이는 아무리 봐도 신기하다고만 하며, 다른 친구들처럼 이유를 캐묻진 않았다. 문득, 다휜이가 고마웠다. 하지만, 다휜이에게도 아직은 말하기도 애매했다. 어떻게 이런 능력을 갖게 된 건지 나 자신도 몰랐기 때문이다. 한참을 이것저것 생각하고 있는데, 아까 물어봤던 비둘기가 돌아왔다.

'저기 있는 흰색 비둘기 있지? 쟤가 봤대 가서 물어봐.'

"고마워. 이건 감사의 인사 겸 주는 거야."

나는 준비해 온 새우깡을 뿌려주었다. 살집 있는 비둘기가 '거봐! 날지 않아도 괜찮다니까!'라고 말하며 맛있게 먹는 모습을 뒤로하고 흰색 비둘기에게 다가갔다. 흰색 비둘기에게 같은 질문을 했고, 그 비둘기는 따라오라고 했다. 5분쯤 걸어간 곳은 공원과 연결된 놀이터였다. 비둘기는 10분 전에 정글짐 근처에서 봤으니, 능력껏 잘 찾아보라고 했다. 고맙다고 새우깡을 주려고 하자, 나는 비싼 것만 먹는다며 푸드덕푸드덕 날아가버렸다. 새침한 비둘기네라고 생각하며, 다휜이와 정글짐 근처를 뒤지기 시작했다. 정글짐 자체는 다 뚫려 있어서 꼭대기로 올라가 내려다봤을때, 아무것도 보이지 않았다. 잔뜩 실망한 채로 다른 곳을 가보려고 하자, 다휜이가 소리를 쳤다. 여전히 목청이 좋았다.

"주영아, 여기 와봐! 미끄럼틀 아래!"

급하게 다휜이가 있는 곳으로 가자 구석에 얼굴만 넣고, 떨고 있는 갈색 솜뭉치가 있었다. 주영이는 햄스터도 쥐 아니냐며 만지기를 꺼려했다. 하는 수 없이 잡아서 꺼내려고 하자 무서웠는지 솜뭉치는 구석으로 더 파고들었다.

'무서워. 여기는 너무 무서운 동물이 많아. 원래 있던 곳으로 돌아가고 싶어.'

"괜찮아. 나는 널 해치지 않아. 원래 있던 곳으로 데려가 줄게."

햄스터의 말에 답변하자 햄스터는 놀라 하며, 뒤를 돌아보았다. 어떻게 우리말을 할 수 있냐는 듯이 말이다. 네가 원하는 걸 들어줄 수 있으니 함께 가자는 말과 손을 뻗으니, 솜뭉치가 내 손위로 조심스레 올라왔다. 다휜이는 뭐라고 했냐고 물어봤고, 이 햄스터는 지금 무서운 상태고, 많이 지쳐있다고 말했다. 밥도 며칠 굶은 것 같았다. 나는 다휜이와 햄스터를 데리고 친구 집으로 갔다. 친구는 울면서 나왔고, 너무 고맙다고 말했다. 그러고는 만원을 주었다. 오천 원인데 왜 이렇게 많이 주었냐고 했더니 내 가족 같은 햄스터여서 그랬다고 말했다.

나는 다시 한번 그 눈에서 승아를 봤다. 단 2일밖에 기르지 않았는데, 이렇게 가슴속에 깊이 남을 줄은 몰랐다. 그리고 점점 친구들과 동물들의 사랑을 직접 보고 느끼고 나니 후회가 되기 시작했다. 그렇게 보내는 게 아니었는데 말이다. 그렇게 해결하고 다휜이와 번 돈으로 떡볶이를 사 먹었다.

"주영아, 너 승아 보고 싶지 않아?"

내 제일 친한 친구여서 그런지, 눈치가 빨라서 그런지는 모르겠지만 다휜이는 내 속을 항상 꿰뚫고 있는 것 같았다. 지금처럼 이렇게 날카로운 질문을 할 때마다 항상 흠칫하곤 한다.

"보고 싶긴 하지만, 이제 어쩌겠어."

"흠.."

떡볶이를 다 먹고 집으로 돌아왔다. 핸드폰을 살 목적으로 돈을 벌기 시작했기 때문에, 정산 시간이 필요했다. 오늘 번 돈에 이번 주 용돈까지 합하면 최신폰은 아니더라도 작년에 나온 휴대폰 정도는 살 수 있는 가격이 마련됐다. 물론 이벤트를 아주 많이 많이 하는 곳으로 가야겠지만 말이다. 하지만 걱정이 됐다. 11살에 휴대폰을 혼자 마련할 수 없을 텐데 어떻게 하면 좋지? 일단, 엄마와 아빠한테는 절대 말해서는 안된다. 분명 돈이 어디서 났냐고를 먼저 물어볼 것이다. 그럼 이모에게 부탁할까? 하지만, 이모는 승아가 왜 가게 됐는지 다 알 텐데 내 부탁을 들어주실까? 이런저런 고민이 많았지만, 하루 종일 돌아다녔던 탓인지 잠이 쏟아졌다. 막 잠에 들려던 참에 어디서 목소리가 들려왔다.

8일

목소리는 창틀에서 나고 있었다. 목소리뿐만 아니라 빛도 나고 있었다. 도대체 무슨 일이 벌어지고 있는 거지? 빛 때문에 눈이 부셔서 실눈을 뜨고 창틀을 보았다. 고양이가 한 마리 앉아 있었다. 누구 집 고양인데, 여기 와있는 거지?

"너 누구야?"

"탐정놀이는 어땠어?"

탐정놀이? 고양이는 마치 내가 어떻게 지내왔는지 지켜봤던 것 마냥 물어봤다. 분명 처음 본 고양이인데, 어디까지 알고 있는 것일까. 그리고 왜 고양이인데 몸에서 빛이 나는 것일까? 궁금한 것 투성이었다.

"뭐를 말하고 싶은 거야?

"돌려줘. 이제 사용할 만큼 사용했잖아. 그건 함부로 쓰면 안 되는 물건이야."

"무슨 말인데? 이해가 안 되는데 자세히 말해줘."

"네가 하고 있는 그 목걸이 말이야. 부적처럼 가지고 다니는 목걸이"

내가 하고 있는 목걸이? 무료 나눔 받았던 목걸이인데, 설마 이것 때문에 내가 동물하고 말할 수 있었던 건가?

"이건 내가 정정당당하게 받은 거야. 내 거라고!."

"누구에게 받았는지는 모르겠지만, 인간이 개인적인 이유로 막 사용해서는 안돼. 알려지면 더 안되고. 너는 두 경우 다 어겼기 때문에 지금이라도 빨리 반납하는 게 좋을거야."

"싫어! 조금만 더 모으면 훨씬 좋은 휴대폰을 살 수 있단 말이야. 나중에 반납하더라도 그때까지는 줄 수없어."

"후회할 거야. 내가 온 건 마지막으로 기회를 준 거였어."

후회한다는 말을 끝으로 고양이는 집 밖으로 사라졌다. 급하게 아래를 보니 이미 사라지고 없었다. 저렇게 밝은 빛이 나는데 마을 주민들에게 들키지도 않고, 이렇게도 빨리 사라질 수가 있나? 뭐, 이제 다시는 안 오겠지.

9일

오늘은 유독 햇빛이 너무 나른해서 깨기가 힘들었다. 어제 고양이가 왔다간 걸 증명해주듯 창문은 활짝 열려있었다. 왜 이렇게 몸이 나른할까. 햇빛 아래에 누워서 잠이나 자고 싶었다. 더 자려고 눈을 감던 찰나, 엄마가 들어왔다. 내가 방에서 나오지 않아서 날 깨우러 온 것 같았다. 그런데, 엄마의 말이 조금 이상하게 들렸다. 대체 뭐라고 하는 거야? 무슨 말인지 하나도 모르겠다. 웅웅 거리는 것 같기도 하고 먀먀 거리는 것 같기도 하고 대체 무슨 말일까. 한참을 생각하다가 장난을 치는 엄마가 웃겨서 알겠다고 그만하라고 말을 하자 엄마가 갸우뚱거렸다.

"일. 어. 났. 다. 고. 오!"

한 글자씩 끊어서 말했음에도 엄마는 전혀 들리지 않는 것처럼 행동했다.

"왜 그래! 나랑 말하기 싫어서 그런 거야? 고양이를 멋대로 안 키운다고 말해서 그런 거야?"

"먀먀..! 먀먀 먀먀먀..!"

엄마의 대답은 여전히 똑같았다. 이상했다. 엄마는 항상 이유를 말하고 행동했다. 하지만 지금 엄마의 행동은 이해할 수 없었다. 엄마에게 여러 번 물어봤으나 돌아오는 대답은 똑같은 소리뿐이었다. 마침 열린 문 틈 사이로 거실에 앉아있는 아빠가 보였다. 아빠는 엄마를 말려주겠지 싶어서 아빠에게 달려갔다.

"아빠, 엄마 좀 말려봐. 왜 그러는 거래?"

"먀먀??"

아빠도 엄마랑 같은 말을 했다. 아빠랑 엄마 다 나를 놀리려고 하는 게 분명하다. 평소와는 다른 모습에 살짝 당황스러웠지만, 가끔 나를 놀리곤 했어서 오늘도 그러려니 싶었다. 이전에는 내가 너무 진지한 성격이라면서 임금님 모자를 씌워주고는 하루 종일 왕처럼 해줬던 기억이 생각났다. 목이 마르다고 하면 오렌지 주스를 갖다 주고, 덥다고 하면 선풍기를 틀어줬다. 그때처럼 분명히 나를 놀리는 게 분명해. 먀먀거리는 엄마와 아빠를 뒤로하고 씻고 다녀온다고 현관에서 큰소리로 외쳤다. 엄마와 아빠는 내가 나가는 순간까지 갸우뚱거리며 먀먀 소리를 냈지만, 나를 보며 손 인사를 하길래 역시 그랬군이라는 생각을 하며 집을 나섰다. 가는 길에 저 멀리 다휜이가 보였다. 다휜이를 향해 큰소리로 이름을 외쳤으나, 다휜이 마저 갸우뚱거리며 이상한 소리를 냈다.

"먀..? 먀 먀먀먀..?"

"뭐라는 거야. 재미없어 그만해. 엄마랑 아빠도 그러더니 셋이 짰어?!"

"먀먀… 먀먀먀!?"

뭔가 이상했다. 이렇게 진지하게 장난하는 다휜이는 본 적이 없다. 엄마와 아빠는 그럴 수도 있겠구나 싶었지만, 다휜이는 아니었다. 항상 밝고 누구를 놀릴 만큼 계산적이지도 않기 때문이다. (그렇다고 엄마와 아빠가 계산적이라는 이야기는 아니다.) 문득, 목걸이가 생각났다. 급하게 목걸이를 벗었다. 하지만, 목걸이를 벗어도 다휜이가 먀먀거리는 소리는 변하지 않았다. 다휜이는 망연자실한 나를 바라보며 갑자기 휴대폰을 꺼내 들었다. 그리고는 문자를 쳐서 보여주었다.

'혹시 내가 뭐라고 말하는지 이해 못 하는 거야?'

다휜이는 정말 눈치가 빨랐다. 전에 다휜의와 우연히 마술쇼를 보러 간 적이 있었는데, 트릭을 다 알고 있었음에도 티를 내지 않았다고 했다. 그런 다휜이는 나에게 영웅처럼 보였다. 다휜이의 말을 듣고 나는 울음을 터트렸다. 평소에 잘 울지도 않는데, 이건 너무 심각했다. 소통을 아예 할 수가 없었다. 내가 목걸이를 가리키고, 목을 가리키며 엑스자를 쳤다. 그리고 다휜이에게 목걸이와 어제 만난 고양이에 대한 긴 얘기를 해주었다. 다휜이는 말 거는 친구들은 자기가 대답할 테니 나는 학교에 가서 말을 하지 말라고 했다. 다휜이가 듣기에는 내가 말을 하면 먀먀라는 소리밖에 안 들린다고 말해주었다. 학교는 빠질 수 없기에 알겠다는 말과 함께 학교로 달려갔다. 오늘도 어김없이 아침 조회시간이 됐고, 선생님은 굳은 표정으로 나에게 먀먀먀먀라는 말을 하며 교실을 나갔다. 다휜이는 선생님이 말씀하신 내용이 교무실로 따라오라는 말이었다고 말해줬다. 다휜이가 없었으면, 나는 정말 어떻게 됐을까. 다휜 통역사 없이 교무실에 가려니 걱정이 됐지만, 선생님의 말씀을 무시할 수도 없었기에 어쩔 수 없이 교무실로 갔다. 선생님은 먀먀라고 말하며, 의자를 가리켰다. 눈치껏 의자에 앉아서 선생님을 쳐다봤다. 내가 눈치가 빠른 성격인 게 정말 다행이라고 생각했다.

"먀먀..먀 먀먀먀먀…먀먀먀먀?"

미칠 노릇이었다. 먀먀가 대체 무슨 말인지 알 수 없었다. 아무 말도 하지 않자 선생님은 먀먀라는 소리를 반복적으로 내뱉곤 한숨을 쉬었다. 그리고 마지막으로 먀를 다섯 번 말하고는 가보라는 손짓을 했다. 다횐이가 교무실 밖에서 몰래 듣고 알려주었는데, 반성문 써오라는 말이었다고 한다. 선생님이 내가 반 친구들을 상대로 장사하는 것을 알고, 경고 차 부르신 것 같았다. 용돈을 주기적으로 받는 친구들이 아닌, 받아서 쓰는 친구들의 부모님이 학교에서 무슨 실습을 하길래 이렇게 돈이 많이 드냐는 항의 전화를 시작으로 걸린 것이었다. 선생님은 기가 막히게 반성문 글씨 구분을 잘해서 다횐이가 대신 써줄 수도 없었다. 그래서 흐린 연필로 다횐이가 먼저 쓰면, 나는 그 선대로 이어서 글자를 완성시키는 걸로 하기로 했다. 반성문을 제출하고 나서 어떻게 해야 할지 몰랐다. 이 와중에도 쉬는 시간과 점심시간을 활용해서 의뢰 문의가 계속 들어오고 있었다. 조금만 더.. 조금만 더 모으면 주려고 했는데, 이렇게 바로 벌을 받을 줄 몰랐다. 처음에는 십만 원만 있어도 큰돈이라고 생각했는데, 욕심은 점점 커져만 갔다. 목표 금액은 점점 높아졌고, 사실 다 모아도 목걸이는 돌려줄 생각이 없었다. 이런 내 마음을 읽고 벌을 준 것일까? 모르겠다 이제는. 생각을 정리하고 있는데, 옆에서 다횐이는 휴대폰을 꺼내 열심히 뭘 적고 있었다.

'그 고양이를 찾자. 그게 정답인 것 같아. 내가 도와줄 게 걱정 마.'

나는 고개를 세차게 끄덕였다. 다횐이가 너무 고마웠다. 욕심에 빠져 소홀히 했었던 때를 생각하면 다휜이에게 백번 사과해도 모자랄 일이라고 생각했다. 다휜이는 고양이의 생김새에 대해 물었다. 고양이는 파란빛이 났으며, 눈이 맑았다고 했다. 어? 눈 하니까 승아가 생각했다. 승아와 빛나는 고양이의 외모가 겹쳐지면서 헷갈리기 시작했다. 그리고 이모한테 연락을 하려고 휴대폰을 열었다. 승아가 그 고양이가 맞는지 제대로 확인을 하고 싶었다. 다휜이의 도움을 받아 이모에게 연락을 할 수 있었다. 다휜이의 말을 빌려 이모의 말을 들을 수 있었다. 이모는 승아를 데려오자마자 연락할 줄 알았는데 너무 늦은 것 아니냐며 호탕하게 웃으셨다. 승아는 너무 좋은 곳에 있구나 싶었다. 흔쾌히 집으로 오라는 이모의 말을 끝으로 다휜이와 이모집까지 전력 질주했다. 이모집은 우리 집에서 10분 거리밖에 안됐다.

이모집에 가자마자 나는 토라진 승아의 얼굴을 볼 수 있었다. 표정도 표정이었지만, 동물의 말 밖에 못하는 나는 승아와 대화할 수 있었다.

"흥! 왜 온 거야?"

"승아야, 너는 알지?"

"알아도 대답해주지 않을 거야. 너는 내 경고를 무시했잖아."

승아가 맞았다. 그 고양이는 승아였다. 결국 내 잘못이었구나. 승아와 더 이야기하고 싶었다.

"너무 미안해. 내가 잘못했어.. 나는 그저.."

"주영아, 너는 나를 트로피로 생각했어. 그저 친구들에게 보여주고 싶은 신기한 동물이었겠지."

"..."

맞는 말만 하는 승아에게 나는 답을 할 수 없었다. 그새 이모와 다
휜이는 어디로 갔는지 보이지 않았다. 아마 우리에게 화해할 시간을
주려고 한 거겠지?

"내가 뭘 하면 될까? 잘못했다는 거 알겠어.."

"이제 와서 뭘 어떻게 하고 싶은 거야? 말해도 듣지 않을 거잖아."

승아는 단호했다. 하지만, 나는 기회를 얻고 싶었다. 잘못을 뉘우칠
기회를 말이다. 나는 계속해서 승아에게 부탁했다. 너무 미안했다. 이
미 벌어진 일에 대해서 나는 잘못했다는 말 밖에 할 말이 없었다. 승
아는 한참을 나를 쳐다본 뒤 대답했다.

"좋아. 그럼 내일 하루 나와 갈 곳이 있어."

드디어 승아의 대답을 얻어냈다. 내일은 주말이어서 마침 학교도
쉬는 날이기도 했다.

10일

　승아가 나를 데리고 간 곳은 익숙한 장소였다. 내가 처음 승아를 데려왔던 그 시장이었다. 달라진 게 있다면 강아지와 고양이를 팔던 아저씨가 없어졌다는 것이다.

　"주영아, 여기서 우리 처음 만났잖아. 기억나지?"

　"당연하지! 널 보고 너무 예뻐서 그냥 데려가고 싶다는 생각뿐이었는걸."

　"사실 데리고 온 이유는 중요하지 않아. 어떤 이유든 생명을 키운다는 건 가벼운 일이 아니야."

　"…"

　"엄마도 그랬고, 다흰이도 그랬을 거야. 하지만, 너는 주변 사람들의 말을 듣지 않았어. 그리고 목걸이를 반납하라는 내 말도 듣지 않았지. 주영아, 나는 너무 속상해."

　"승아야.."

　"나를 버렸다는 사실도 너무 속상하지만, 그 기간이 3일이라는 게 너무 슬펐어. 단 3일 만에 내가 싫어졌다는 게 충격이기도 했고."

　"미안해 승아야.. 나는 이제 안 그럴 거야! 정말이야."

　"그걸 어떻게 믿어?"

　"나는.."

　말문이 막혔다. 승아의 말처럼 어떤 식으로 승아에게 믿음을 주지? 3일 만에 버린 나를 과연 받아줄까? 이런저런 생각을 하는 나에게 승아는 한 가지 제안을 했다.

"좋아. 처음 겪는 일일 테니까 기회를 한번 줄게."

승아는 매주 토요일, 1시부터 4시까지 유기견과 유기묘를 위한 봉사를 하라고 했다. 승아의 이모가 매주 가는 센터가 있는데, 일손이 부족하다는 것이다. 그리고 그 목걸이를 사용해서 소통이 꼭 필요한 동물들에 한해서 능력을 사용하라는 것이었다. 센터에는 아픈 동물들도 많았는데, 가끔 인간들이 잘못 진단을 해서 더 불편한 경우가 있다고 했다. 이모는 센터에 갈 때마다 승아를 데리고 갔기에 승아는 센터에 있는 유기견과 유기묘가 자신처럼 버려지지 않았으면 하는 마음이 간절하다고 했다. 아픈 동물들은 사람들이 쳐다도 보지 않는다고 했다. 돈이 많이 들뿐더러, 귀엽고 작은 동물들만 데려간다는 것이다. 그런 동물들이 인간들에게 선택받기 위해서 아프지 않은 것처럼 보이게 꾸미는 것도 마음이 아프다고 했다. 하지만, 선택받지 못하면 친구들은 안락사를 당한다고 했다. 그걸 막기 위한 수단이라고 생각하니 조금이라도 예뻐지는 게 나을 수도 있겠다는 생각이 들어 그걸 도와주고 싶다고 했다. 승아의 말을 듣고 나는 생각이 많아졌다. 생각보다 많은 동물들이 그런 처지에 있다는 걸 이제야 알았던 게 너무 부끄러웠다. 나는 그저 예쁘고, 작고 귀여워서라는 이유로 승아를 데려왔다. 그리고 3일 만에 승아를 버렸다. 물론 이모에게 보냈지만, 사실 버린 거나 다름이 없다. 생각 정리를 마치고 승아를 바라봤다.

"결심이 선 것 같네."

승아가 나를 보며 웃었다.

"먀먀 문주영! 크크"

"우씨, 나 이제 다 들린다. 윤다흰!"

월요일이 됐고, 나는 이제 누구 하고나 말할 수 있다. 뭔가 새로 태어난 것만 같았다. 학교에 도착한 후, 제일 먼저 교무실로 달려갔다. 선생님에게 말해주고 싶었다. 물론, 동물과 이야기한다는 것은 말하지 않았지만, 장사를 하게 된 이유와 잘못된 점에 대해 사과를 드렸다. 반성문보다는 꼭 말을 통해 전달드리고 싶었다. 다 같은 상황일 수는 없겠지만, 어떨 때는 글보다 직접 말로 이야기하는 게 더 좋다고 생각한다. 내가 표현하고 싶은 마음은 글에 다 담기지 않는 경우가 많기 때문이다. 선생님과 이야기를 마친 후, 친구들에게도 사과를 했다. 친구들은 사과보다는 어떻게 대화를 할 수 있었는지가 더 궁금했던 모양이다. 하지만, 나는 말하지 않았다. 승아와의 비밀을 지키기 위해서다. 승아는 목걸이를 사용하는 대신, 아무에게도 이 사실을 알리지 말라고 했다. 물론, 이미 알고 있는 다흰이는 빼고 말이다. 다흰이와 나 그리고 승아는 제일 친한 절친이 되었다. 우리끼리만 알고 있다는 사실이 우리 사이를 더 끈끈하게 만들었다.

선생님이 들어오셨고, 오늘도 어김없이 조회시간에 하고 싶은 일 한 가지씩 말하기를 했다. 다른 친구들이 먼저 발표하는 걸 들으며, 창 밖을 내다봤다. 맑은 하늘에 떠있는 구름은 마치 고양이 발바닥 모양이었다. 젤리 구름을 보며 나는 웃음이 나왔다.

나는 문주영. 시크릿 통역사다.

산타요정들의 간식시간

문기원

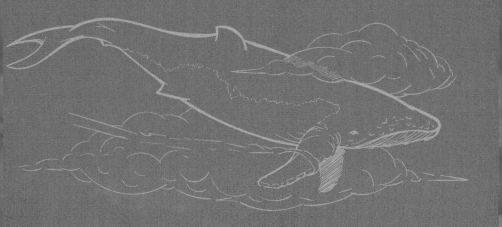

문기원 고등학교시절,문예부에서 시를 쓰고 교지를 만들었었죠.대학때는 창작가요제의 가
사를 쓰기도 했어요.카피라이터로 일한 시기에 유한킴벌리가 만든 아이들을 위한
숲사이트에 "토리와 숲속친구들"을 썼고요. 많은 세월이 지나고 아이들에게 동화를
읽어주고 요리를 가르치다 마음 속에 꿈꾸던 동화책을 내게되었네요 누군가에게
희망이 되고 꿈을 줄 수 있는 작은 한 사람이 되고싶어요.

산타요정 친구들의 간식시간, 늘 바쁜 산타요정들의 하루 중에 유일하게 모두 쉴 수 있는 시간은 간식시간이에요. 크리스마스 때 맞춰 온 세상 어린이들에게 선물을 준비하려면 이 더운 여름도 열심히 일 해야겠지만 간식시간만큼은 모두 하루의 어려움을 내려놓을 수 있어요.

얼마 전까지 다른 일을 하던 요정인 나는 산타요정으로 일하게 되어 너무 기뻐요. 내가 하는 일의 대부분은 아이들의 어머님들과 통화를 해 아이들이 크리스마스 선물로 받고 싶어 하는 선물 목록을 만드는 것이에요. 그러면 그것이 산타할아버지께 전달되고 온 세상은 행복한 아이들의 웃음으로 가득 찰 것 같아요. 그건 그렇고 오늘의 간식시간도 옹기종기 모여 저마다의 간식 바구니를 열어보아요. 간식을 나누어 먹는 것처럼 서로 격려하는 것도 좋은 전통인 것 같아요. 지난번 간식시간에 탄이 요정이 삶은 계란 한 알을 내 손에 쥐어 주고 갔는데 날씨는 춥지 않은 여름이지만 따뜻한 계란의 온도가 내 마음에 살짝 녹아들었어요. 그래서 나도 한번 계란을 삶아 간식을 안 싸온 친구 산타요정에게 슬쩍 한 알을 손에 쥐어 주었는데 그 뒤로 그 친구도 간식시간을 피하지 않는 듯하네요. 그런데, 단짝 친구인 진아가 아이들의 선물 목록을 작성하던 중에 까다로운 어머니께 걸려 산타센터에서 나갈 결심을 했다고 해요. 위로하고 토닥여 봤지만 진아는 함께 나누던 간식시간을 뒤로한 채 산타요정의 길을 더 이상 가지 않겠다네요. 그 대화를 하고 있는데 탄이가 말했어요.

"얘들아, 크리스마스이브 축제에 공연할 팀을 이번 노래대회에서 뽑는 대. 1등에게는 산타센터에서 가장 예쁘고 큰 별을 가슴에 달아 준다는 걸?"

산타센터에는 크고 작은 별들이 대형 크리스마스 츄리에서 빛나고 있는데, 그 별들을 축제를 멋지게 만드는 데 공헌하는 산타요정에게 선물하는 전통도 있어요. 이번에는 노래대회에서도 뽑는구나. 나가보고 싶다… 라는 생각이 문득 스쳤어요. 예전에 친구들과 작은 무대에서 노래하던 추억도 생각났어요. 가장 큰 별을 가슴에 달게 되면 제일 먼저 동생 봄이와 여름이, 가을이, 엄마, 아빠에게 달려가 그 기쁨을 나누고 싶어요.

어느덧 간식시간이 끝나고 다시 산타할아버지의 선물 목록을 정리했어요. 아까 통화하던 태이 어머니와 대화를 잘하기 위해 목소리를 가다듬어 보아요.

"우리 아이 태이는 좋아하는 게 까다로워요~ 뽀로로를 좋아하기엔 너무 커버렸고요~"

태이 어머니와의 통화가 끝나고 어떤 선물을 주어야 하나 목록을 보며 생각해 보고 있는데 마침 태이가 어렸을 때부터 좋아했다는 하트 쿠션 얘기가 떠올랐어요. 커다란 대왕 하트 쿠션을 특별히 제작해 달라고 행복 할머니들에게 부탁해보면 좋을 것 같아요. 태이 어머니께 당장 전화를 걸었고 어머니도 너무 좋아하셨어요. 간혹 선물 목록을 짜느라 어머니들과 전화해야 하는데 그 아이가 어머니가 없어서 아버지랑 대신 통화할 때도 있고, 그 아버지마저 없어서 선물목록을 짜주지 못하는 아이들도 있어요. 그럴 때 산타할아버지와 고민을 나누어 선물을 정하는데 그래도 아이들은 해맑게 웃으며 좋아해서 다행이에요.

또로롱. 동생 봄이의 문자가 오는 소리.

"언니, 오늘은 몇 시에 와? 내가 맛있는 거 해놓고 기다리고 있을게. 다른 건 사 오지 않아도 돼." 봄이의 하루는 먹는 것으로 시작해 먹는 것 준비하는 것으로 끝나는지 이런 문자를 받으면 고맙다가도 마음이 답답해져요. 그나저나 내가 다른 곳에서 이곳으로 일하러 오게 된 것은 온 세상 어린이들을 행복하게 해 주기 위한 것이었는데, 일이 더디게 풀리는 날에는 마음이 어둑해지는 날도 있어요. '나는 몸이 조금 불편한 동생 봄이보다도 더 의지가 약하고 조금만 힘들어도 걱정부터 할까? 봄이가 참 대단해. 몸이 불편한데도 열심히 직장도 다니고 쉬는 날도 요리하고, 빨래하고… 직장에서 사람반 요정 반인 아주머니들이 따돌리는데도 울며 다니면서도 포기하지 않고 잘 다니고 있는데… 나는 겁보에 쫄보! 온 세상 어린이들의 행복도 중요하지만 진짜는 내가 행복해야 하는 건데 말이야….' 나의 생각은 오늘도 꼬리에 꼬리를 물어요.

간식시간 때 대화를 잠깐 나눴던 진아가 마지막으로 행복 할머니들의 선물공장에 들린다고 해요. 나도 얼마나 선물들이 잘 만들어지고 있는지 볼 겸 행복할머니들의 선물공장으로 같이 출발했어요. 거기에 가면 할머니들의 선물 만드는 과정을 볼 수 있으니 아이들의 어머니들과 이야기가 더 잘 통할 것만 같아요. 진아와 자전거를 타고 가는데 뒤에서 탄이가 따라온다네요. 좋기도 하고 귀찮기도 해요. 아니 바로 말하면 귀찮치는 않아요.

드디어 행복 할머니들이 손수 선물을 만들고 계시는 현장 도착! 행복 할머니들의 꼼꼼한 인형 만들기와 행복 할머니들의 조수인 작은 거인들이 만드는 장난감 로봇 조립도 한창이예요.

'아까 태이 어머니랑 태이의 선물로 약속된 하트모양 쿠션은 얼마나 큰 지 볼까?' 태이의 애착 쿠션이었던 옛날의 모양과 촉감이 잘 살아있기를 바라 보아요.

그런데 장난감들이 만들어지고 있는 것을 보는 것에 빠져 있다가 갑자기 작은 거인들과 옆에서 쉬고 있던 루돌프와 그 친구들이 사라진 것이 보였어요. 어라? 갑자기 이상한 느낌… 나쁜 짐작이 맞아 들었어요. 산타할아버지가 한시도 편하게 크리스마스를 보내지 못하게 하는 백곰 아저씨들 일당이 작은 거인들과 루돌프와 그 친구들을 데리고 사라지려 하는 것이예요.

"산타할배가 잘되는 것을 볼 수 없지. 이 세상 아이들이 좋아하는 크리스마스도 재미없어!"

백곰 아저씨 일당 중 최고 악당인 하얀 털보 아저씨가 크리스마스 축제 때 달 가장 큰 별을 가져오면 작은 거인들과 루돌프 일행을 풀어주겠다고 외치고 저 멀리 가버렸어요. 탄이가 자전거를 힝힝 달려 따라가 보지만 백곰 아저씨 일당들은 벌써 사라지고 없었어요.

행복 할머니들은 손수건을 꺼내 울고, 진아도 그런 할머니들을 달래느라 정신이 없어요. 이래선 안 될 것 같아 하얀 털보 아저씨에게 전화를 걸었어요.

"아저씨! 왜 평화로운 것을 방해하세요? 작은 거인들이 없으면 선물공장은 돌아가지도 않을 거고 루돌프와 그 친구들이 없으면 산타 할아버지가 어떻게 다니세요?"

"그럼 이번 노래대회에서 산타가 건 세상에서 제일 큰 별을 받아 내게 갖다 주면 되겠네."

나의 물음에 하얀 털보 아저씨가 대답했어요. 나는 이렇게 공장이 중단되고 산타할아버지의 슬픔이 아이들의 슬픔으로까지 번지게 할 수 없다고 생각했어요. 생각만 하던 노래대회에 나가야겠다고 결심했어요. 누구랑 팀이 될지, 산타요정들의 간식시간을 활용해서 모집을 해야겠다고 생각했어요.

탄이랑 진아는 노래를 잘하니까 당연히 같이 해야겠다고 생각했지만 그 둘의 생각도 중요하니 머뭇거리며 물었어요. 특히 탄이에게.

"아직까지 산타할아버지께 드릴 목록은 다 안 짰지만 노래 연습 같이 열심히 해 볼게."

역시 긍정적인 탄이! 진아도 의리로 좋다고 해줘서 너무 고마워요.

애가 타서 잠도 안 오고 수많은 계획들이 머릿속을 돌고 가슴이 뛰어 아침이 될 때까지 한 숨도 못 자고 산타센터로 갔어요. 드디어 간식시간. 다들 어제의 사건을 알고 떠들 썩 해 있었어요. 간식은 먹는 둥 마는 둥 하고 바구니를 닫으며 같이 간식 먹는 산타요정들에게 의견을 물었어요.

"아, 저도 노래하는 거 좋아해요. 같이 할게요. 저 옛날엔 뮤지컬 배우가 꿈이었었거든요."

산타요정 중의 가장 어린 체니가 말했어요. 인원은 잘 채워졌고 일하는 틈틈이 연습해야 하니까 함께하는 팀의 한마음이 중요할 것 같아요. 막내동생 여름이도 멀리서 와주어 척척 스케줄도 짜고 내 오른팔 역할을 해줄 것 같아 든든하네요. 내가 계란을 손에 쥐어 주었던 한 산타요정은 직접 만든 빵이라며 연습할 때 먹으라고 주고 갔어요. 감동이었어요. 어려울수록 곁에 있는 사람들의 진가가 빛을 발하는 것 같아요.

기존의 곡을 부르는 게 나을까, 창작을 해서 나갈까 고민이 돼요. 무엇보다 별을 받아야 잡혀간 작은 거인들과 루돌프 일행들을 데려올 수 있지만 뽑히게 되면 크리스마스이브 축제 때도 무대에 서니까 욕심을 부리게 돼요. 예전에 받았다가 예선에서 떨어졌던 창작곡이 하나 있는데 여러 명이 부르기엔 좀 아닌듯 하고 유행곡을 부르자니 산타할아버지의 심사에서 좋은 평을 받기 힘들 것 같아요. 그때 여름이가 뮤지컬 넘버 하이라이트 쇼를 하면 어떻겠냐고 아이디어를 냈어요. 오! 멋질 것 같아요. 난이도는 있지만 다른 팀과 차별화될 것 같아요.

빨리 작은 거인들과 루돌프 일행들을 구출해내야 하니 연습은 바로 지금부터 시작이에요. 단 8주만의 시간이 주어져 있어요. 탄이가 멀리까지 자전거를 타고 갔다 와서 악보들을 복사해왔어요. 진아는 산타요정들이 저마다의 간식을 나누어 낸 것을 모아 왔고요. 이제 간식시간은 단순한 배 채우는 시간이 더욱 아니었어요. 연습은 모두의 열정과 합심으로 잘 진행되어가고 있어요. 노래대회에 나가지 않는 친구 산타요정들도 맛있는 간식들을 싸와 우리 팀이 힘내라고 나눠주고 가네요. 어느덧 간식시간은 우리 노래 팀의 하모니가 울려 퍼져요.

그런데 탄이가 노래를 잘한다는 건 나의 착각이었나? 자꾸 삑사리를 내서 모두를 웃게 만들어요.

"오디션을 봤으면 탄이는 우리 팀에 못 들어왔어. 열심히 하는 것 때문에 봐주는 거라고~."

우리 노래팀에서 제일 나이 많은 산타요정 아주머니가 말했어요.

아… 산타할아버지가 몹시 슬퍼하고 있다는 소식이 들려왔어요. 할아버지도 나이가 더 드신 걸까. 걱정이 많이 되었어요.

노래 연습이 끝나고 집으로 돌아가는 길에 또 생각에 잠겼어요.

'내가 여기 와서 일하게 된 것은 산타할아버지가 불러주셨기 때문이라 산타할아버지의 슬픔을 기쁨으로 바꿔드리고 싶어. 온 세상 아이들이 행복해지는 그런 크리스마스를 만드는 게 바로 내 소원이었는데 그 걸 해 나가고 있고. 게다가 이번 작은 거인과 루돌프들 구출하기 대작전으로 이렇게 내가 좋아하는 노래를 연습하는 것 또한 내 기도가 이루어진 것 같네. 아이들이 소변을 잘 가리게 되어 기저귀가 아닌 변기에 하게 되어 칭찬받을 때의 기쁨을 축하하는 크리스마스 선물, 엄마의 친한 친구가 엉터리로 가르쳐 준 미술수업, 너무 간단한 요리수업, 자기보다 못 타는 스케이트 수업이라도 함께해서 행복해 하며 미소 짓는 그 아이의 하루를 몽땅 모은 종합 선물세트 같은 크리스마스 선물, 등등. 모든 세상의 엄마, 아빠들도 두근거리는 크리스마스날 아침을 맞이하는 정말 즐겁고 행복한 날이 되는 그런 크리스마스! 아기 예수님이 다른 곳에서 태어나시지 않으시고 가장 가난하고 추운 곳에서 태어나신 그 의미와 사랑을 기억하는 그런 크리스마스! 우리 산타요정들이 그날을 위해 어머니들과 오늘도 열심히 통화하고 선물 목록을 짜는 것만큼 이 간식시간의 노래 연습도 크리스마스의 축복을 더 크게 늘리는 것 같아.'

그런 생각을 하는 동안 집에 거의 다 왔는데 트램에서 내려 또 다른 버스로 갈아타며 보았던 자전거 타는 요정들의 문자메시지가 왔어요.

"선이 산타요정! 자전거 타는 우리 요정들이 뭐 도와줄 건 없을까? 우린 노래는 못하지만 루돌프와 그 친구들을 대신해서 행복할머니들이 만든 선물들을 산타할아버지께 배달해 줄 수 있어!"

와! 신난다! 당장 고맙다고 하고 행복 할머니들께 소식을 알렸어요.

"우리 산타요정의 간식시간에 놀러 와. 자전거로 선물 싣고 나르려면 배가 많이 고플텐테 우리 요즘 간식이 많아서 나눠 먹을 수 있어 ~" 자전거 타는 요정들에게 고마움의 문자를 보내고 나니 어느덧 집에 도착했어요. 이제 얼마 안 남은 노래대회. 마음이 좀 초조하고 걱정도 되지만 이렇게 서로를 돕고 의지하는데 잘 될 일만 남았다고 생각이 들었어요.

"저 집에 왔어요."

"언니, 어서 와. 언니가 좋아하는 국수 만들어 놓았어. 셋째와 막내가 우리 먹으라고 보낸 과일도 있어 "

봄이가 반기고 아버지는 멀리 출퇴근하는 나를 위해 더울까 봐 에어컨을 미리 틀어 놓으셨어요.

어머니는 우리 산타요정들과 산타할아버지, 잡혀 간 작은 거인들과 루돌프들을 위해 기도 중이시고요. 가족들이 이렇게 행복하게 살 수 있는 것은 모두 어머니, 아버지의 가족사랑 덕 인 것 같아요. 셋째와 막내가 멀리서 보내온 과일과 봄이 요리 덕에 맛있게 저녁을 먹고, 내일 간식시간에 맞춰 볼 춤 동선을 다시 생각해 보았어요. 탄이가 노래는 삑사리를 내도 춤은 잘 추니까 내일부턴 춤 파트 리더를 맡겨 볼 생각이에요. 노래 연습으로 탄이와 가까워진 듯해서 좀 설레기도 했었는데 지금은 그게 문제가 아닌 것 같아요. 그때 나의 손에 쥐어 주었던 삶은 계란의 의미는 뭐였을까? 난 수줍음이 많기도 하지만 대범할 때도 있어서 탄이의 눈을 보며 물어볼까 생각도 해보지만 다시 생각해봐도 아닌 것 같다고 잡념을 치워버려요.

드디어 노래대회 날! 무대의 조명이 켜지고 심장박동처럼 음악이 터지네요. 리듬에 몸을 맡기고 시작된 우리의 댄스와 노래! 우리 팀은 실수 없이 잘 해냈고 폭발적인 호응을 받아 산타할아버지도 유쾌해지셨어요. 뮤지컬 하이라이트 쇼의 주인공이었던 체니는 연습했던 것보다 훨씬 뛰어나게 무대를 장악했고 한 명 한 명의 팀원들도 모두 노래와 춤을 잘 소화했어요. 나의 솔로 노래는 비록 몇 파트 안됐지만 그 노래를 부르는 순간만큼은 나도 주인공이었고 행복했어요. 어렸을 적부터 노래를 좋아하던 나였지만 언젠가부터 노래 부르는 것을 잊고 살았는데… 진아와 탄이의 듀엣곡 파트도 인기만발이었고요.

산타할아버지의 심사평과 시상이 남아있는 상황. 나는 산타요정들의 간식시간을 행복한 시간, 나눔의 시간으로 만들어 주어서 고맙다고 우리는 꼭 1등 해서 작은 거인들과 루돌프 일행들을 구출해 낼 거라고 소감을 말했어요. 모두의 박수가 쏟아졌고 그 뜨거운 무대조명 아래, 빛나는 미소의 탄이가 보였어요. 우리는 해내고야 말았어요. 산타할아버지가 우리 팀을 호명하는 순간, 가슴이 벅차올라 기침이 마구 나왔어요. 눈물이 나와야 하는 것이 아닌가요?

1등의 반짝이는 큰 별들을 우리 팀 모두 받고 서로의 어깨에 기대어 백곰 아저씨 일당에게 전화를 걸었어요. 우리의 노력으로, 우리의 사랑으로 아이들과 그 아이들의 엄마, 아빠들을 행복하게 할 수 있게 된 것이에요. 전화로 선물 목록만 짜다가 이렇게 무대에서 노래하고 춤을 추다니 그 짜릿함 또한 잊을 수 없을 것 같아요.

돌아온 작은 거인들과 루돌프 일행들을 맞이하며 더 풍성해진 산타요정들의 간식시간은 오늘도 웃음꽃이 피어요.

저기서 탄이의 자전거가 다가와요. 멋쩍게 웃는 탄이에게 나도 다가가요. 삶은 계란을 탄이에게 쥐어 주고 귓속말을 해요. 이제 여름은 가지만 다가올 겨울! 크리스마스 축제에서 가장 큰 별을 내 가슴에 달아 줄 내 짝꿍이 생겼어요. 나는 지금 행복해요.

알쏭달쏭 마음찾기

이예은

이예은 몸은 다 컸지만 마음만은 순수한 아이이고 싶습니다. 아이들의 순수한 마음이 세상

을 좀더 살기 좋은 곳으로 만들고 있음을 믿는 사람 중에 하나입니다.

인스타그램: @euni_317

"예끼, 이 녀석! 우리 문방구점에서 하나둘씩 물건이 없어진다 했더니 범인이 너로구나!"

"아.. 아니에요!! 저.. 저는 그냥 이게 갖고 싶.."

아뿔싸. 문방구 할아버지에게 꼼짝없이 붙잡혀버렸다. 내가 할아버지한테 이름과 반을 말하는 순간마다 거의 10번 이상은 '이 세상에서 증발해버리고 싶다..'라는 생각을 한 것 같다. 간신히 내 이름과 반을 말한 후 뒤도 안 돌아보고 미친 듯이 문방구를 탈출했다.

'하아.. 내일 어떻게 학교에 가지? 담임이 이걸 알면 부모님께 말할 게 뻔한데..

아..... 그냥 학교 간다고 해놓고 내일만 땡땡이칠까? 아이씨.. 하필이면 왜 그때 걸리냐고!!'

솔직히 말하면 내 도둑질은 이번이 딱 2번째다. 첫 번째는 엄마가 가져간 내 설 용돈을 되찾아 오다가 (실은 몰래.) 걸렸고, 이번엔... 그냥 나도 왜 그랬는지는 모르겠다. 내 짝꿍이 며칠 전부터 선물 받은 최신 장난감을 하도 자랑하는 바람에 질투가 났기 때문일지도 모른다.

'쳇, 저런 장남감 따윈 나도 얼마든지 가질 수 있다고!'

아빠한테 말하면 얼마든지 아니 그 이상 더 좋은 것도 사주시겠지만, 나는 별로 그러고 싶지 않았다. 왜? 나도 컸고 아빠랑은 상관없이 나 스스로 할 수 있는 나이니까. 어른들은 내가 고작 10살 밖에 안됐다며 어린이 취급을 한다. 하지만 내 친구 지민이가 그랬다.

'야, 언제까지 부모님 타령할래? 엄마가 널 믿고 카드를 맡기도록 해. 엄마 카드로는 아무거나 다 살 수 있어. 아, 물론 아빠 카드가 제일 좋긴 한데.. 아빠는 원래 무섭잖아. 넌 안 그러냐?'

솔직히 말하면 나는 아빠나 엄마나 별로 무섭지는 않다. 단지 그냥 내 스스로도 얼마든지 저런 건 손에 넣을 수 있기 때문이지.

아무튼, 왜 나는 하필 그 '투깝스007'에 끌렸던 걸까. 내 주머니엔 투깝스를 살만한 돈도 5천 원이나 있었고 굳이 먼저 내 가방에 넣어야 될 만큼 바쁜 상황도 아니었다.

그런데, 그냥 오늘따라 기분이 이상했다. 문방구에 들어선 순간 투깝스가 내 눈에 먼저 들어왔고 그걸 보는 동안 내 짝꿍이 나를 약 올렸던 순간들이 스쳐 지나갔다. 생각이라는 게 이렇게 순식간에 돌아가나 싶기도 했다. 뇌에 프로펠러를 달아둔 것도 아닌데.

학교에서 우리 집까지는 15분밖엔 안 걸린다. 사실 가끔 택시를 타고 싶기도 한데 우리 아빠는 걷는 게 보약이라며 무조건 걸어 다니게 했다. 치. 안 바쁘면 차로 데리러 오면 좀 어떤가. 한국에서는 원래 아들이 귀한 거라고 할머니한테 들었는데.

어떤 사람은 어린이가 무슨 택시 타령인가 할지도 모른다. 그런데 나도 다 이유가 있다. 옆 반에 동수는 툭하면 택시를 타고 다닌다. 자기 집안은 원래 전용 기사가 있었는데 집안이 망해서 택시 타는 거라나 뭐라나.

이런저런 생각에 잠겨서 골목골목을 쏘다니다 보니 벌써 한 시간이나 지나있었다. 마음도 착잡하고 괜스레 말썽만 피우고 싶은 오늘이다. 이런 내 마음을 도대체 아빠는 어떻게 알았는지. 하필 이럴 때 전화가 왔다.

"여.. 여보세요? 아빠?"

"찬이야, 오늘은 많이 늦나 보네? 오늘 학교 늦게 끝났니?"

"아... 그냥 좀 볼일이 있었어요"

"그랬구나. 오늘은 아빠 회사 일이 일찍 끝나서 우리 아드님이 좋아하는 치킨을 사들고 왔는데~ 얼른 와서 같이 먹자"

".. 네..."

"어?! 아들! 반응이 되게 시큰둥하네? 그럼 아빠 혼자 다 먹는다?""아.. 아녜요!! 얼른 갈게요! 저도 좋아요."

웬일이지? 원래 아빠는 항상 바쁜 존재였다. 그런데 오늘따라 일찍 들어온 것이다. 나는 한편으로 아빠가 반갑기도 했지만 마음은 자꾸만 콩닥 콩닥거렸다. 아빠가 내 도둑질을 알면 무슨 말을 할까. 엄마까지 알게 된다면 난 집에서 분명 쫓겨나고 될 텐데.. 나는 또다시 이런저런 생각에 마음에 마치 커다란 쇳덩이가 들어있는 것처럼 너무 힘들었다.

띠리링.

번호키를 누르고 현관에 들어섰다.

"호오... 이 냄새는..? 치킨이 하나만 있는 게 아닌데?"

앞에서부터 고소하면서도 달짝지근한 치킨 냄새가 풍겼다. 마치 치킨 공장에 온 것 마냥 치킨 냄새가 우리 집안 전체를 가득 채웠다. 달콤한 냄새에 자석이라도 달린 듯 내 발걸음은 부엌으로 끌려갔다.

식탁에는 포장지가 막 벗겨진 듯한 각종 치킨이 눈앞에 펼쳐져 있었다.

간장소스로 범벅이 된 간장치킨, 쌉싸름하지만 아삭아삭 씹히는 맛이 좋은 파닭치킨, 짭조름한 빨간 양념이 가득한 양념치킨, 녹여진 치즈에 푹 담가먹는 치즈 퐁듀치킨까지. 그리고 내가 좋아하는 치즈볼! 역시, 우리 아빠는 어떻게 이렇게 센스가 있을까.

"아빠, 뭔 일? 진짜 맛있다!"

정신없이 치킨을 먹고 있는데 아빠가 갑자기 이런 말을 했다.

"사실 이거 엄마 앞치마 주머니에서 있던 돈으로 산 거야"

"아... 네에?? 켁켁"

엄마의 돈을 아빠가 훔치다니! 너무나 맛있게 보였던 수많은 치킨이 갑자기 아무 느낌이 없어져 버렸다. 아빠가 이래도 되는 거야? 방금까지만 해도 치킨 때문에 굉장히 좋았는데. 이제는 치킨 때문에 속이 다 망가지려는 기분이다. 아빠는 대체 무슨 심보로 이런 일을 저지른 걸까?

그때 아빠가 말했다.

"왜? 아빠는 엄마 대신 설거지도 할 거라 앞치마 쓰겠다고 허락받은 건데? 그리고 이 돈은 아빠가 찾았으니까 아빠가 임자지~"

"아니 그래도.. 그래도 그 돈은 엄마 거잖아! 엄마가 앞치마만 빌려준 거였지 돈이 있었다는 건 몰랐잖아!!"

그런데 갑자기 아빠가 내 눈을 지긋이 바라보면서 이렇게 물었다.

"아들. 오늘 왜 늦게 왔는지 아빠한테 말해줄 수 있겠니?"

"갑자기 왜? 왜 말을 돌려? 나는 분명 볼일이 있었다고요!"

"네가 정 그렇게 나오겠다면 아빠도 엄마한테 계속 숨겨야겠다. 아빠는 정당해. 아빠는 엄마 돈 훔친 거 아니야~ 그리고 이 치킨 더 이상 안 먹을 거면 아빠가 먹는다~"

'아빠가 뭔가 아는 것 같은데... 지금이라도 말할까? 아니야... 잘못 말했다가는 완전 난리 날 것 같은데.. 혹시 집에서 쫓겨나는 거 아니야?.. 아... 씨... 아 몰라 몰라!'

이렇게 생각하고 있는 찰나, 우리 아빠는 꼭 얄미운 짓만 골라서 하는 것 같다. 내 앞에 있던 치킨을 모조리 자기 방으로 가져가버리다니! 이렇게 된 이상 그냥 치킨을 포기하는 게 나을 것 같다. 어차피 냉장고에 먹을 것도 많아서 상관없다. 난 스스로 챙겨 먹을 수 있는 나이니깐. 그깟 치킨은 나한텐 아무것도 아닌 것이다. 그런데 이렇게 생각하고 나니까 더 속상해졌다. 아니 잘못은 아빠가 해놓고 왜 내가 먹는 치킨은 뺏어간 거야? 혹시 진짜 아빠가 내 잘못을 알고 있는 게 아닐까?

사실 나는 엄빠에게 귀에 못이 박힐 정도로 들은 얘기가 있다. 진짜로 못이 박힌 건 아니고. 귀에 못 박힐 만큼 들은 얘기는 다음과 같다. 세상을 살아갈 때 남에게 피해를 줘서는 안되고, 착하게 살아야 된다고. 하지만 나쁜 사람들도 있으니까 지혜로워져야 된다고.

우리 집도 내가 어렸을 때는 너무너무 가난했다고 했다. 하지만 어느 순간부터(이 어느 순간은 엄빠가 교회를 다니면서 열심히 기도도 하고 어려운 사람들을 많이 돕기 위해 노력했다고 했다.) 아빠랑 엄마의 사업이 잘 된 거라고 했다.

솔직히 교회 열심히 다니고 사람들 잘 도와줬으면 하나님도 우리 엄빠를 도와주실 만한 게 아닌가. 싶기도 했다. 이 생각을 엄빠한테 말했었다가 등짝 스매싱을 당한 적이 있어서 이번엔 참았다. 어쨌든, 못 다 먹은 치킨이 아쉽기도 하고, 마음은 계속 불안해지고. 도대체 이럴 땐 어떻게 해야 되는 걸까. 에이 몰라, 그냥 게임이나 하자.

침대에 드러누운 채로 최근에 다운받은 AM12를 틀었다. 여러 게임을 해봤지만 이 게임만큼 매력적인 게 없었다. AM12에서는 보물을 찾는 만큼 캐시로 만들어주는 시스템으로 돼있다. 이때 캐시를 어느 정도 모으게 되면 실제 현금으로도 바꿀 수 있다. 아, 물론 그 정도의 캐시를 모으려면 한 달 내내 하루에 5시간 이상은 해야 될지도 모른다. 내 목표는 더 이상 보물을 캐지 않아도 차고 넘칠 만큼의 캐시를 얻는 것이다. 이럴 땐 꾸준한 레벨 업이 필요하다. 내 사촌은 레벨 업에 거의 반 환장한 상태라 눈에 불을 켜고 게임만 한다. 방학 때마다 눈이 빨개져 있더니만 딱 봐도 중독 상태다. 다행히 난 그 정도는 아니다. 게임도 게임이지만 학원 스케줄 때문에 어차피 내 게임시간은 한정이 돼있기 때문이다.

다시 게임 얘기로 돌아가서, 보물은 여러 곳에 숨어있기 때문에 이를 발견할 도구가 꼭 필요하다. 이때 도구는 얼마든지 살 수도 있고 나랑 팔로우를 맺은 관계는 도구를 빌릴 수도 있다. 레벨 업을 할수록 캐시를 더 많이 받을 수 있는 보석을 캘 수 있는데, 이때 보석이 나오는 시간과 쓸 수 있는 도구는 얼마 되지 않아 매우 신중을 기해야 된다. 만약, 내가 찾는 보석을 발견했으나 도구가 없을 땐 보석을 포기해야 될 뿐 아니라 레벨 업까지는 거의 일주일의 시간이 걸린다. 한마디로 지금의 타이밍이 제일 중요한 시기.

이제 나는 레벨 69를 찍고 곧 70을 올라가야 될 시기였다. 70이 되면 캐시 적립이 5배 이상이 된다고 했다. 내가 제일 손꼽아 기다려왔던 시간이다. 어제 사파이어를 캐냈으니 오늘은 오팔을 캐낼 차례였다. 오팔을 캐내면 곧 레벨 70이다!

"어? 내 간석기!"

보물을 더 이상 캐지 않아도 되는 내 계획이 더 멀어지는 소리가 들린다.

"야 이... 똥멍청이같은 자식을 봤나!!!!! 헙.."

내 방을 가득 채운 내 사운드에 내가 놀랐다.

벌컥

"뭐하니?"

아빠다.

"방금 누구한테 뭐라고 한 거야?"

우리 아빠는 욕은 일절 금지에다가 욕 아주 비스무레한 것까지도 싫어하는 성격이다. 예전에 친척한테 심한 욕을 하도 먹어봐서 자신은 절대 욕을 하지 않겠다고 생각했다나 뭐라나.

"아 됐어요. 신경 끄세요. 내 것까지 치킨 가져간 거 많이 드시고요."

"이찬. 똑바로 일어나. 아빠한테 지금 무슨 말버릇이야?"

"아니! 지금 어떤 사람 땜에 내 레벨 업이 늦어지게 생겼는데 화가 안 나고요!!"

아뿔싸. 나 이렇게까지 아빠한테 화난 건 아니었는데.. 오늘은 왜 이렇게 제대로 굴러가는 일이 없는 걸까.

"이거 말하는 거니?"

"어? 이 게임을 어떻게 아빠가..?! 그럼 내 도구 말도 없이 빌려 간 사람이 아빠였어요?"

"찬아, 너는 네 도구 하나 없어진 것 가지고도 무척 속상해했지? 그리고 엄마의 돈을 아빠가 마음대로 했을 때도 엄마의 마음이 된 것처럼 속상해했어. 그런데 찬이가 크게 놓친 부분이 하나가 있단다. 그건 바로 남에게 해를 끼치고도 아무렇지 않아 하는 마음이라는 사실이야."

나중에 알게 된 사실은 학교 선생님을 통해 엄마가 내 문방구 사건을 먼저 알게 됐다고 했다. 어떻게 보면 치킨 사건도, 게임 사건도 모두 내가 집에 늦게 들어오는 그 시간 동안 엄빠가 벌인 자작극이었던 것이다. 하지만 나는 이것을 계기로 참 많은 것을 느끼게 됐다. 나는 내 도둑질 사건을 엄빠가 알면 나를 내다 버릴 수도 있을 거라는 극단적인 생각도 했었다. 그런데 그건 내 착각일 뿐이었다.

어쩌면 이번 사건은 나에게 두고두고 기억될 일이 될지도 모르겠다.

우리 엄빠의 마음은 내가 생각하는 것보다 훨씬 높다는 것. 내가 실수하더라도 제대로 인정한 후에는 앞으로 그러지 않으면 된다는 것. 그리고 나보다 나를 더 사랑해 주는 엄마, 아빠가 내 곁에 있다는 것에 대해 소중함을 느끼는 것. 아빠 이태우 씨, 엄마 이산아 씨. 아들 이찬이가 사랑합니다. 오늘만 좀 오글거릴게. 원래 아들들은 이런 말 잘 안하지 않나? 큼큼. 그러니까 받아주라고.

그래 산타가 될 거야

이진아

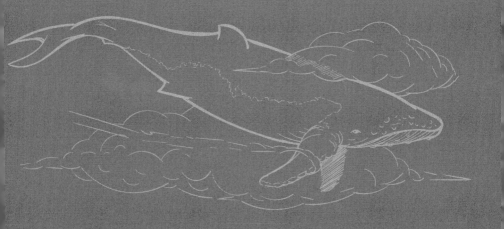

이진아 　 도서관에서 그림책 읽어주는 엄마입니다. 코로나로 친구들을 만날수 없게 되어
　　　　　초등학교에서 미술수업을 빙자한 그림책 읽기 수업을 하고 있답니다.

인스타그램: @_lee_jin_a_
이메일: gochim@hanmail.net | gochim0903@naver.com

봄

그래 정했어. 난 산타클로스가 될 거야. 이보다 멋있는 사람을 본 적이 없는데 말이지, 지금까지 내 주위엔 산타 할아버지가 되겠다고 하는 사람이 없으니, 정말 다행이지 뭐야.

어린이집에서 '장래희망' 수업을 했어. 여러 가지 사람이 나오는 영상도 봤어.

직업. 미래. 꿈 프로젝트 어휴 어려운 말을 자꾸 하네. 시시해. 나는 블록 놀이나 하고 싶었어. 이런 시간은 덥고 머릿속은 더 뜨겁고 막 그래. 놀이도 못 하게 하면서 어른들만 얘기하는 시간엔 그냥 집에 가고 싶어.

"선생님 블록 놀이해요. 너도 하고 싶지?"

나는 태오를 쳐다봤어. 태오는 고개를 끄덕이며 한숨을 푹 쉬었어.

태오도 더운가 봐.

"장래희망 생각해서 선생님에게 말하고 그다음에 놀이시간 할거에요."

"그게 뭔데요?"

"이다음에 커서 어른 되면 뭐 하고 싶냐고"

나는 자신 있게 말했어.

"어 아빠요"

"나도 아빠가 제일 좋은데"

내 앞에 앉아있던 민서가 나를 향해 뒤돌아보며 말했어. 따라쟁이 같으니라고

"난 엄마"

하은이가 말했어. 나도 '난 엄마'라고 혼잣말로 따라 해 봤어. 하은이 목소리가 귀여웠거든. 하은이의 따라쟁이는 나인가 봐. 웃음이 나와.

선생님에 눈은 동그래지고 입꼬리가 뾰족하게 올라갔어.

"아니 직업을 말해야지. 지금까지 영상 봤지요. 그중에 되고 싶은 직업을 하나만 말하면 돼요. 소방관, 의사 선생님, 비행기 조종사. 여러 가지 봤잖아."

나는 모르겠어. 그냥 재미없는 만화였는데 그것 중에 골라야 한다고?

"수현이 아버지는 회사에서 무슨 일 하시지?"

"우리 아빠 군인이에요. 아주 그냥 군인이에요."

나는 두 무릎에 힘을 주고 두 주먹을 꽉 쥐어 옆구리에 붙였어. 내가 좋아하는 아빠 자세거든.

"군인, 그것이 직업이야. 수현이는 뭐 하고 싶어? 아빠처럼 군인 할까?"

왠지 선생님도 빨리 놀이시간을 하고 싶은 것처럼 보이네.

아닌가? 선생님은 놀이시간에 놀지도 못하잖아.

"난 횟집 사장이요."

난 역시 천재야.

선생님이 웃었어. "좋아 좋아 멋진 소원이네."

사실 나는 산타가 되고 싶어. 하지만 엄마가 소중한 소원은 가슴에 품어야 한다고 했어. 그래서 두 번째로 좋아하는 걸 말한 거야. 세 번째는 돈가스 사장이고.

싸움 놀이 좋아하는 민서는 닌자가 되겠다고 하고 울보 태오는 공룡이 되겠데.

닌자는 조금 멋지긴 한데 산타보다는 별로야. 그리고 어떻게 사람이 공룡이 될 수 있지?. 태오는 안됐지만, 바보인가 봐.

나는 산타가 될 거고 아무에게도 말하지 않겠어.

만약 내가 산타가 되고 싶다고 말하면 어린이집 친구들 모두 산타가 되겠다고 할 거야.

친구들 모두 크리스마스에 만난 산타를 사랑했거든.

그 표정들은 정말 반짝반짝 예뻤어. 크리스마스 전등처럼 말이야.

모두가 즐거운 건 신나는 일이야.

그러니까 나도 멋진 산타가 돼서 모두를 짜잔 하고 기쁘게 해주고 싶어.

사랑하는 할머니에게, 내 동생 따라쟁이 민경이에게, 예쁜 하은이
에게도 선물을 줄 거야.

장마

어느 비 오던 날, 친구들이 각자의 집에서 나오지 않던 날
나는 민경이와 백설 공주 만화를 보고 있었어.

텔레비전 속 난쟁이들의 흰 수염과 큰 모자를 볼 때, 내 머릿속에서
폭죽이 터지듯 펑 하고 생각이 났어. 바로 산타할아버지가 되기로 했
던 그 일을 말이야. 아 난 여전히 산타가 되고 싶어. 또 잊어버리면 어
쩌지? 엄마에게 말해야 할까?

아니야 그럼 엄마는 훌륭한 산타가 되기 위해선 영어공부를 해야
한다고 할 게 분명해. 영어공부는 필요 없는데 말이야.

왜냐하면, 난 한국 산타를 할거고, 그중에서도 우리 어린이집과 예
쁜 공주 얼굴 하은이가 다니는 교회를 담당하는 산타를 할 거니까. 그
럼 하은이가 나를 천천히 오래 쳐다보겠지. 생각만 해도 가슴이 간지
러워.

하지만 한글 공부는 해야 할 거야, 산타에게 편지 쓰는 아이들에게
답장을 써야 하니까.

다시는 내 꿈을 잊어버리지 말아야 할 텐데. 어떻게 해야 할까.

아하 '방문 뒤 벽지에다가 나만 볼 수 있도록 <산타할아버지 되기>

라고 써 두는 게 좋겠어. 하지만 지금은 한글을 쓸 수 없으니까,

민경이에게 말해둬야겠다. 민경이라면 잊지 않고 나에게 말해 줄 거야.

"민경아 오빠는 커서 산타클로스가 될 거니까, 내일 말해줘. 그다음 날도 말해주고, 그다음 다음날도 말해줘야 해"

마침 텔레비전 속에서 백설 공주가 새와 함께 노래를 부르고 있어.

그 노래에 맞춰 엉덩이를 들썩이던 민경이는 눈을 동그랗게 뜨고 날 쳐다봤어.

"오빠 커서 산타 될 거야?"

"그래 오빠 말 잘 들으면 넌 선물 두 개 줄게. 엄마에게는 말하지마, 알았지? 말하면 이거다." 나는 주먹을 들어 민경이 눈앞에 흔들어 주었어.

고개를 크게 두 번 끄덕이며 민경이는 속삭였어.

"오빠느은 산타크로스 할거지이?!"

민경이가 동그랗게 뜬 눈으로 나를 빤히 보는 거야.

오 민경아 오빠를 그렇게 정성껏 오래 바라보는 건 곤란해, 할 수 없지.

선물 세 개를 줘야겠다.

가을

운전 선생님이 쓰레기봉투에 발을 넣어 꽉꽉 밟고 있었어.

"선생님. 선생님이 산타 할아버지지요?"

운전 선생님은 나의 얼굴을 한번 힐끗 쳐다보더니 다시 쓰레기봉투를 치우는 데 열중했어. 쓰레기 정리를 모두 끝낸 운전 선생님이 내 앞에 마주 섰어.

"정확히 말하면 난 산타는 아니고, 산타를 돕는 한팀이란다."

"그럼 선생님이 산타할아버지에게 말 좀 전해주세요."

운전 선생님은 무릎을 굽혀 내 얼굴을 마주 봤어.

"무슨 말인지 들어 볼까?"

"산타 체험을 하고 싶어요. 저는 이다음에 산타를 할 거라서요"

"흠흠 그 비슷한 게 있기는 하지. 나처럼 산타와 한팀이 되는 거야. 산타 혼자서 세상 어린이들에게 선물을 모두 나눠 줄 수는 없는 거잖니. 산타와 함께 일하는 팀원을 해마다 뽑는데. 요즘 심사 중이라고 하더라."

"심사요? 어떻게 하는 건데요?"

"착한 어린이를 뽑는 거지. 산타 같은 어린이."

"어려워요."

"아니 어렵지 않아. 산타가 어땠는지 생각나니?"

"음 산타는요. 천천히 말해요. 또 우리가 천천히 말해도 화내지 않아요. "

"바로 그거야, 열 명의 친구들에게 산타처럼 하는 거야. 천천히 말하고 화내지 않는 거. 산타처럼 말이야."

"아 그럼 산타처럼 인사도 잘해야겠네요"

"그렇고말고. 수현아, 크리스마스 되려면 아직 시간이 많으니까. 노력해봐. 아마도 산타 팀원들이 지켜볼 거다."

운전 선생님은 나에게 한쪽 눈을 질끈 감아 보였어. 그러자 선생님 눈썹도 함께 꿈틀 움직이는 거야. 나도 따라서 눈을 찡긋 해봤는데. 내 눈썹도 꿈틀 움직였는지는 알 수 없었지. 어? 나는 두 눈이 같이 감기는데?

"그런데 수현아, 내가 산타랑 한팀인 건, 어떻게 알았지?'

"산타랑 운전 선생님이 냄새도 비슷하고, 장화가 똑같아요. 그래서 난 더 좋아요."

운전 선생님이 웃었고. 나도 따라 웃었어.

그때부터 내가 얼마나 열심히 인사했는지. 왜 인사는 하루에 한 번씩만 해야 하는지, 불만이지만, 아무튼 인사를 잘한다는 건 는 건 놀라운 일이야. 또 재미난 일이기도 해. 내가 크게 '안녕하세요'라고 외치니까, 어른들이 '호호호' 라고 웃더라고. 전에는 몰랐어. 호호호는 산타만의 웃음인 줄 알았는데. 혹시 동네 어른들이 모두 산타와 한팀인가?

그리고 사실 친구들에게 친절하고 화내지 않는다는 건, 부자가 되는 것 같기도 하고 힘든 일 이기도 해. 놀이시간에 내 블록을 자꾸 양보하니까 친구들이 내 옆에서만 블록 놀이를 하고 선생님도 항상 내 옆에만 블록 통을 쏟아 주는 거야. 어느새 나는 블록도 많고 친구도 많아졌어.

꼭 산타처럼.

크리스마스 일주일 전

"여보 형광등 갈아줘요"

"그래, 수현이 아빠랑 철물점 갈까?"

"업어줘 아빠"

"옷이 두꺼운데 어떻게 업나?"

"아빠 패딩 속에 업히고 싶어, 민경이는 엄마가 그렇게 업어주는데"

"그럴까, 우리 아들 업어주지. 까짓거"

나는 아빠 패딩 속 등에 납작 업혀 가는 기분이 아주 좋았어. 낮에 민경이가 엄마 등에 업혀 있는 게 부러웠거든.

아빠 등에 업힌 채 철물점에 들어갔어. 문방구 옆 가게가 철물점이었지.

낮에는 철물점이 컴컴했는데 밤에는 문방구가 컴컴하네.

철물점에 들어서자 문에서 삐비빅- 하고 전기 새소리가 났어.

"안녕하세요, 형광등 긴 거 주세요"

삐비비빅-

아빠와 나는 새로 들어오는 사람을 돌아봤어.

"어 뭐 사러 왔어요. 허허"

"플래시 사러 왔어요."

"우린 형광등 교체하려고. 수현아 인사해 태오 아빠야"

패딩 위로 아빠가 내 엉덩이를 간질이었어.

나는 움찔 놀라며 꾸벅 인사했지.

"아주 포근하겠다."

태오네 아저씨가 나를 보며 웃었어.

"여기 포장지는 없겠지? 플래시 포장해야 하는데"

태오 아저씨가 곤란한 얼굴이었어.

"선물로 플래시를 산 거야? 소포 종이라도 괜찮다면 우리 집에 있을 텐데. 어때?"

집으로 돌아오며 아빠들 얘기를 들었어.

태오 동생이 아파 입원했고. 그래서 태오 아줌마가 선물 준비를 못했다고 했어.

나는 패딩 속 아빠 등에 귀를 대고, 잠이 들었어.

아빠 등은 넓고 엄마 등은 그리워. 동생이 생기고는 엄마 등에 업힐 수가 없어.

다용도실

나는 가방을 멘 체 어린이집 계단에 앉아있어.

엄마와 민경이가 어린이집 놀이터에서 놀고 있거든.

운전 선생님이 커다란 상자를 들고 왔어. 나는 계단을 뛰어 내려가 운전 선생님과 마주 섰어.

평소에는 사다리처럼 타고 놀았던 울타리 문을 두 손으로 열었지.

"수현이가 도와주는구나. 고맙다."

나는 운전 선생님의 칭찬이 좋았어. 건물 유리문도 열고 함께 들어 갔어.

"수현이 여기 다용도실 문도 열 수 있겠니?"

다용도실 문은 손잡이도 크고 문도 어깨로 밀어야 했어.

"영차"

나의 기합에 맞추어, 운전 선생님은 발로 문 닫힘 방지 말굽을 내려 고정했어. 다용도실은 처음 들어와 봐. 선반 칸칸이 상자들이 있어. 맨 위 선반에는 빨간색 옷과 수염으로 불룩해진 비닐봉지가 있었지.

"저거 뭐에요?"

내가 가르치는 것을 본 운전 선생님이 웃으셨어.

"산타 복장이구나."

운전 선생님은 들고 온 상자를 노란 책상 위에 놓으며 말했어.

"산타 복장이 왜 여기 있어요?"

"여기서 갈아입으니까. 여기 있지."

"여기서요?"

산타가 여기서? 왜? 무슨 일이지? 갑자기 궁금한 게 생겼는데. 무엇을 어떻게 물어봐야 하지?

운전 선생님은 서둘러 상자를 뒤적이셨어요.

"흠흠 내일 쓸 간식을 사 왔는데. 수현이가 선생님 도와줬으니, 사탕이라도 줄까?"

"청포도 사탕 있어요?"

"청포도는 없고 달고나 사탕인데. 이건 싫으니?"

"두 개 주세요. 엄마랑 민경이 줄래요."

내가 뭔가 놀랐고 궁금한 게 있었는데. 뭐였더라? 잊어먹었어.

신나는 꿈

나는 꿈을 꾸었어.

어린이집 다용도실에 들어갔어. 노란색 책상 위에 의자를 쌓아 올라섰어. 선반 가장 위에서 산타 옷을 꺼낸 거야. 수염을 귀에 걸고 모자를 썼지. 다용도실에서 나온 나는 키가 큰 산타가 되어 있었어. 꿈 속에서 나는 선물 칸이 달린 택배차를 타고 있었지.

운전 선생님은 선물을 들고 나를 기다리고 있었어.

"크리스마스 선물은 모두 포장해 두었단다. 열 개를 가져가라. 산타"

"아니요. 선물이 아주 많이 필요해요. 100개를 가져가겠어요."

100개의 선물로 가득한 택배차가 풍선처럼 부풀어 올랐어.

내가 올라타자 택배차는 순식간에 하늘로 날아올랐어. 신기하게도 하나도 무섭지 않았어. 택배차 옆으로 어느새 운전 선생님이 날아와 나란히 날고 있었지.

"수현아 선물 차에 루돌프가 없구나?"

"이제는 진짜 사슴이 끌지 않아요. 세상은 발전하고 있거든요. 울트라 파워로 움직이는 거예요."

"멋지구나. 수현아"

운전 선생님은 빨간 장갑을 낀 손으로 택배차 문을 찰싹 때렸어.

그 순간 택배차의 선물 칸 문이 열리는 거야. 그러더니 선물들이 한 줄로 미끄럼틀을 탄 듯이 줄줄이 쏟아져 내렸어.

선물마다 반딧불이처럼 빛이 났어. 나는 소리쳤지.

"야-호 메리 크리스마스 호호호"

크리스마스이브

올해에도 산타는 운전 선생님과 똑같은 장화를 신고 나타났어. 산타는 나를 손짓해 불렀어.

"수현 요원 준비됐습니까?"

"네? 넷!"

산타는 한쪽 눈을 찡끗 감아서 인사했고, 나도 반갑게 찡끗 감았지.

저런 두 눈 모두 감았네.

"호호호 메리 크리스마스"

산타는 한명 한명 이름을 부르며 선물을 나눠줬어. 나의 역할은 원장선생님과 함께 산타에게 친구들 선물을 찾아주는 역할이었어. 빨간 자루를 두 손으로 꼭 잡아야 했고 원장선생님이 친구의 이름에 맞게 선물을 꺼내는지 봐야 했어. 빨간 자루를 얼마나 꼭 쥐고 끌었는지 마지막으로 내 선물을 받았을 때는 주먹이 너무 아팠어.

나의 선물과 태오의 선물은 모양과 크기가 달랐지만, 포장지는 똑같이 누런 소포 종이였어. 내 선물은 포장지를 뜯어보지 않아도 자석 블록인 걸 알 수 있지. 이건 비밀인데, 내가 고른 선물이거든.

"내 것은 자석 블록이다."

내가 멋 내며 말했어.

"어떻게 알아?"

태오가 갸우뚱했어.

"딱 자석 블록 느낌이나."

"내 것은 뭐지? 울퉁불퉁하네?"

태오는 자기 선물을 이리저리 돌려봤어.

포장 속을 보지 않아도 나는 태오가 받은 선물이 무엇인지 알 수 있었어.

"네 것은 정말 좋은 플래시야. 괴물 잡는 알파 광선이 나오고, 거기다 빨간 라벨이라고."

태오는 순식간에 우당탕 포장을 찢었어. 용감해 보였지.

"정말 플래시네. 수현이 너 어떻게 알았어?"

"그건 설명할 수 없어. 하지만 민서가 뭐라고 하든. 무시하는 게 좋을 거야. 저 녀석은 이 플래시가 특별한 광선이 나오는 빨간 라벨 인걸 모르거든."

태오는 수현이의 말이 좋았어.

"그래 민서는 모를 거야"

민서는 멋진 파란색 스펀지탄 총을 들고 다가왔어.

"뭐야 시시한 플래시잖아. 후졌다. 후졌어"

"나는 태오 선물이 제일 멋져. 빨란 라벨이거든."

내가 태오 편을 들어 줬어. 오늘은 태오가 울지 않았으면 좋겠어.

"뭐래. 아니잖아."

민서의 말에 태오가 울까 봐 걱정됐어.

그때 태오가 플래시를 켜고 양옆으로 흔들며 외치기 시작했어.

"삐용 삐용 광선 받아라."

"난 무적의 방패 드레곤 총이다 비비비빅-"

나 역시 자석 블록 상자를 겨드랑이에 끼고 발사했어. 두께 감이 괜찮았어.

그러자 민서도 총을 휘두르더니 침 튀기며 외쳤어.

"에잇 반칙이야. 갑자기 공격하는 게 어디 있어. 빠바바바"

"덤벼라. 공룡에 힘, 콰오오옥"

태오가 웃고 있어.

크리스마스

크리스마스 아침에 내가 받은 선물은 산타 장화야. 그 장화 속에는 청포도 사탕이 가득 들어있었어. 그런데 어찌 된 일인지. 이미 나는 장화도 청포도 사탕도 선물로 받게 될 것을 알고 있던 느낌이야.

왜 그런 걸까? 하긴 나는 산타와 한팀이니까. 산타와 내 맘은 서로 통하고 있는 거겠지. 그런데 그 산타가 아빠 같기도 하고 운전 선생님 같기도 해. 아마도 아빠는 우리 집 담당 산타인 거고, 운전 선생님은 어린이집 담당 산타였나 봐. 하지만 두 사람은 자기는 절대 산타가 아니라고 했어. 그래도 태오 아빠가 태오네 산타인 걸 보면, 두 사람도 역시 산타인 건 분명해. 그건 아마 어른들에게도 가슴에 품어야 하는 소중한 소원이었던 거겠지.

그래 장래희망 말이야. 아빠도 운전 선생님도 산타가 되고 싶어 했던 거네. 나랑 똑같이. 찌찌 뿡. 좋아 좋아, 이미 산타와 한팀인 나는 앞으로 정식 산타가 될 거야. 아빠처럼 말이야. 나는 그저 앞으로도 내가 이미 잘하는 일, 좋아하는 걸 하면 되는 거야. 뭐냐고?

친구가 말할 때 천천히 들어주기. 호호호 웃기. 친구도 웃게 친절하기.

모두 메리 크리스마스 호호호

은수 이야기

양정화

양정화   '늘 봄날 같길'이라는 인사를 건네곤 합니다. 추운 겨울을 잘 지나온 봄은 새싹을 키워내고 꽃을 피우는 씩씩하고도 예쁜 계절이기에 그렇습니다. 은수가 혼자서 지나온 계절은 온통 겨울 같았지만, 할머니와 함께 지내면서 은수의 계절에 봄이 찾아왔어요. 겨울 같았던 시간을 잘 이겨낸 은수의 봄에 향기로운 꽃과 따뜻한 봄바람이 가득하길 바라봅니다. 은수의 이야기를 읽으실 모든 분의 마음에도 봄바람이 살랑거리길 바랍니다.

이메일: by janice@naver.com

[1]

"야, 밥에서 쉰내 나잖아! 언제 밥한 거야?"

"야라고 하지 말랬지!"

"애 밥은 먹여서 학교 보내야 할 거 아냐?"

"생각하는 척은"

"야!"

"야라고 하지 말라고"

나는 이렇게 시끄러운 아침이 좋다. 엄마와 아빠가 소리 지르며 싸우더라도 이렇게 함께 아침을 보내는 것이 좋다. 아무도 없는 밤이 싫지만 아무도 없는 아침은 더 싫다. 늦은 밤이라도 엄마와 아빠가 들어올 거라고 생각하며 잠드는 밤이 더 낫다. 아무도 깨워주지 않는 아침, 늦잠을 자서 학교에 지각하는 건 정말 싫다.

나는 세수를 하고 어제 입었던 옷을 그대로 입었다. 그리고 거실에

깔아 놓은 이불 위에 앉아 우유 없는 시리얼을 숟가락으로 떠먹었다. 엄마는 침대에 등을 돌리고 누워서 방 밖으로 나오지 않았다. 아빠는 식탁에 앉아 나를 빤히 보았다.

"은수야."

"응?"

"은수야."

"왜 아빠?"

"은수야… 맛있어?"

"응. 맛있어. 나 시리얼 좋아해."

"휴~"

아빠는 무슨 말을 할 듯 말 듯 몇 번 나를 부르고는 한숨만 푹푹 쉬었다. 아빠가 나를 계속 보는데도 나는 아빠를 쳐다볼 수 없었다. 뭔가 심각한 이야기를 할 것만 같았기 때문이다. 그래도 다 먹을 때까지 아빠가 계속 바라봐주면 좋을 것 같았다. 그래서 아주 천천히 시리얼을 먹었다.

아빠는 지방에서 일해서 2, 3주일에 한 번 정도 집에 온다. 내가 어릴 때는 아빠가 꼬박꼬박 토요일 아침 일찍 집에 왔다. 그런데 이제는 내가 별로 보고 싶지 않은 걸까? 아빠는 바쁘다며 못 오는 토요일이 늘어났고 엄마는 화내는 일이 많아졌다. 혼자서 나를 키우고 아픈 외할머니 간호를 하느라 엄청 힘들었던 것 같다. 엄마는 점점 웃지 않고 말하지 않았다. 외할머니가 돌아가신 뒤에 엄마는 오랫동안 아팠다. 엄마는 멍한 표정으로 앉아서 밥도 잘 먹지 않았고 잠도 잘 못 자는 것 같았다. 어린이집에 나를 데리러 오는 시간도 잊어버릴 때가 많았다.

태권도장에 다니기 시작한 지 며칠 안 됐을 때였다. 어린이집이 끝나면 바로 태권도장 차를 타고 갔다가 끝나면 사범님이 차로 집에 데려다주기로 했다. 그런데 마중 나오기로 한 엄마가 몇 분이 지나도 오지 않았다.

"엄마가 전화도 안 받으시네. 아, 어쩌지. 은수야, 집 찾아갈 수 있지? 다른 애들 때문에 가 봐야 할 것 같아."

"네"

사범님은 초등학교가 있는 아파트 정문에 나를 내려놓고 가버렸다. 얼떨결에 대답은 했지만 나는 한동안 그 자리에서 꼼짝도 못 했다. 혹시 엄마가 올까 싶어서 두리번거렸다. 건너편 햄버거 가게로 가는 신호등이 몇 번이나 바뀐 뒤 나는 혼자 가기로 했다. 우리 집은 112동이었는데 사범님이 내려준 곳과는 아주 멀리 떨어져 있었다. 우리 집 앞에 버스 정류장도 있고 슈퍼도 있어서 이쪽으로는 별로 다녀본 적이 없었다. 엄마와 몇 번 지나다녔지만 혼자서 가는 것은 처음이었다. 걸어가는데 다 우리 집처럼 보였다. 여름도 아닌데 손바닥에 땀이 나고 가슴이 콩닥거렸다. 두 번째 놀이터에 도착한 순간, 미끄럼틀을 타고 내려오면 바로 앞에 우리 집 입구가 보였던 기억이 났다. 그래서 미끄럼틀을 타고 내려와서 보이는 입구로 들어갔다.

엘리베이터를 타고 우리 집에 내렸는데 집 앞에 못 보던 커다란 자전거가 있었다. 문에 있는 숫자를 보니 '2406' 우리 집이 맞았다. 문

을 열려고 비밀번호를 눌렀는데 문이 안 열렸다. 그래서 천천히 눌렀
는데도 문이 열리지 않았다. 다시 눌렀더니 요란한 소리가 막 나서 깜
짝 놀랐다. 그러자 문이 조금 열리면서 문틈으로 어떤 아줌마가 보였
다.

"네가 눌렀니? 왜 눌렀어?"

"아줌마 누구예요? 여기 우리 집인데요."

"너희 집이라고? 에그, 집 잘못 찾아왔나 보다. 여기 아줌마 집이
야."

"우리 집 맞는데…"

나도 모르게 큰 소리로 울고 말았다. 그때 정말 무서웠다. 우리 집
이 갑자기 세상에서 없어져 버린 것 같았다. 다시는 엄마 아빠를 볼
수 없는 건 아닐까 너무 무서웠다. 우는 나를 보고 놀란 아줌마는 나
를 달래며 집안으로 데리고 들어갔다.

"울지 마, 괜찮아. 아줌마 집에 잠깐 들어가자. 요구르트 줄까? 이
름이 뭐야?"

"김은수"

"은수야, 엄마 전화번호 알아?"

"네"

"엄마가 전화를 안 받네. 아빠 전화번호는 알아?"

"몰라요."

"은수야 너희 집 몇 동이야?"

분명 우리 집 주소를 외웠는데 몇 동인지 기억나지 않았다.

"아! 어린이집에 전화해 보면 되겠네."

아줌마는 내 어린이집 가방을 보고는 전화했다. 아줌마네 거실에서 텔레비전을 보고 있는데 아줌마가 아빠 전화를 바꿔줬다.

"은수야, 괜찮아? 놀랐지? 아빠가 지금 데리러 갈 수가 없어. 그래서 할머니가 은수 데리러 갈 거야. 조금만 기다려."

"할머니? 할머니 돌아가셨잖아."

"응… 외할머니 말고 할머니 계셔. 배고프지 않아?"

"아줌마가 요구르트도 주고 빵도 줬어."

나는 외할머니 말고는 할머니가 있는 줄 몰랐는데 정말 할머니가 나를 데리러 왔다. 할머니는 외할머니처럼 머리가 하얗지 않았다. 안경을 쓰고 초록색 바지를 입고 있었는데 무서워 보이지는 않았다. 아빠도 엄마도 그동안 할머니가 있다는 말을 왜 한 번도 안 해줬는지 모르겠다. 할머니는 아줌마에게 고맙다는 인사를 몇 번이나 하고 나를 데리고 집에 갔다. 할머니를 처음 만났지만, 할머니가 내 손을 꼭 잡고 가니 마음이 놓였다. 할머니가 내 이름을 부르는 게 듣기 좋았다. 그날 할머니는 맛있는 저녁밥도 차려주고 내가 잠들 때까지 옆에 있어 주었다. 다음 날 아침, 일어나서 엄마를 보자마자 나는 울었다. 엄마는 나를 꼭 안아주고는 이렇게 말했다.

"은수 이제 일곱 살이야. 다 컸어. 혼자서도 뭐든 잘할 수 있어. 엄마 없다고 울면 안 돼."

나는 이제 곧 열 살이 된다. 혼자서 웬만한 건 다 할 수 있다. 엄마는 집에 없을 때가 많다. 그래서 보통의 아홉 살이 할 수 있는 것 말고도 뭐든 할 줄 알아야 한다. 하지만 아무도 내가 무엇을 할 수 있는지 궁금해하지 않는다.

나는 일곱 살 때부터 전기 주전자에 물을 끓여 컵라면을 먹고 즉석밥도 데워먹을 줄 알았다. 어린이집에 가야 할 시간이 되면 혼자 어린이집에 갔고 혼자서 머리도 감았다. 지금은 목욕 의자 위에 서서 설거지도 하고 청소기도 돌린다.

나는 엄마에게 혼자서 얼마나 잘하고 있는지 보여주고 싶다. 엄마를 얼마나 잘 도울 수 있는지 말하고 싶다. 산타할아버지가 어마어마한 선물을 줄 수 있을 만큼 착한 아이라는 걸 엄마가 알게 하고 싶다. 엄마를 힘들게 하지 않을 자신이 있지만, 엄마는 나와 함께 있지 않으려 한다. 내가 아무리 애를 써도 예전처럼 따뜻하게 안아주지 않고 웃지도 않는다.

시리얼을 다 먹고 이를 닦고 나오니 아빠가 옷을 갈아입고 있었다.

"아빠 오늘은 일하러 안 가?"

"오후에 갈 거야. 은수야, 오늘은 아빠가 학교에 데려다줄게."

"학교에? 왜? 나 혼자 갈 수 있는데?"

"아빠가 한 번도 은수 학교 못 가봐서 같이 가 보려고."

"응"

아빠가 내 겉옷을 입혀 주고 가방을 어깨에 메어줬다. 일요일도 아닌데 아빠가 집에 와서는 나랑 학교에 같이 간다고 하니 기분이 좋으면서도 이상했다. 어린이집 다닐 때도 아빠가 데려다준 적 없었다. 그런데 아빠 손을 잡고 걸으니 자꾸 달리고 싶었다.

"아빠, 있잖아. 아빠 많이 바빠?"

"응, 좀 바빠. 근데 왜 물어봐?"

"아빠, 방학하기 전에 우리 반 학예회 하는데, 학예회 때는 장기자랑을 하거든?"

"그래?"

"남자애들은 거의 태권도 한다고 하더라고. 그래서 나도 태권도 하려고."

"태권도 어떻게 할 건대?"

"사범님이 나한테 품새 잘한다고 칭찬해줬어. 그래서 나 고려 품새 하려고."

"고려? 품새 이름이 고려야?"

"응. 태극 8장보다 훨씬 어려워. 근데 나 되게 잘해."

"그렇구나. 다음에 아빠한테도 보여줘."

"학예회 때 오면 볼 수 있는데…. 아빠 못 오지? 엄마도 못 올 것 같고."

"은수야, 아빠가 가면 좋겠어?"

"그런데 아빠 바쁘잖아. 오면 좋긴 한데."

"아빠가 꼭 간다고 약속할 순 없는데 시간 만들어 볼게."

"진짜? 진짜? 아빠 12월 23일이야. 아빠 오면 진짜 좋겠다."

수업 시간에 웃다가 선생님한테 혼났다. 아빠가 학예회에 와서 내가 품새 하는 걸 보고 막 손뼉 치는 모습을 상상하니 자꾸 웃음이 나왔다. 즐거운 상상을 하다 보니 수업 시간이 금방 지나갔다. 태권도장에서는 품새 연습을 정말 열심히 했다. 아빠한테 멋있는 모습을 보여주고 싶다. 집에 가야 할 시간이 되었는데 집에 가기가 너무 싫다. 아무도 없는 집, 나 혼자 엄마와 아빠를 기다리는 심심하고 외로운 집. 아빠는 다시 갔을 거고 엄마는… 엄마는 없을 게 뻔하다.

아빠는 마트에서 먹을 것을 잔뜩 사다 놓고 갔다. 엄마가 밥을 챙겨주지 못해도 나 혼자서 배고프지 않게 먹을 수 있는 것들이었다. 내가 덮던 이불은 빨아서 널어놓고 거실에 두꺼운 이불을 깔아놨다. 베란다에 가득 있던 쓰레기들도 다 버려서 집이 깨끗해졌다.

오늘 아빠랑 같이 학교도 가고 정말 기분 좋은 날이었는데 이상하게 자꾸 눈물이 날 것 같다. 혼자 있는 건 정말 싫다. 화장실에 가다가 안방을 쳐다봤는데 엄마가 누워 있었다. 없는 줄 알았는데 엄마가 집에 있었다. 나는 다가가서 잠든 엄마의 얼굴을 한참 바라봤다.

'엄마, 아프지 마. 엄마 사랑해. 엄마, 엄마.'

엄마 이마에 뽀뽀하고 가만히 껴안았다.

나는 혼자 있을 때 어린이집에서 받은 활동사진 파일을 펼쳐보곤 한다.

가장 많이 보는 새싹반 파일엔 엄마와 함께 블록을 쌓는 다섯 살의 내 모습이 있다. 아빠가 나를 업고 운동장을 달리는 사진도 있다. 즐거워 보이는 우리 가족의 모습이 들어 있어서 볼 때마다 기분이 좋아진다. 여섯 살 풀잎반 파일에는 엄마가 보낸 커다란 딸기 케이크 앞에서 생일 고깔모자를 쓰고 활짝 웃는 내가 있다. 나만 한복을 입지 않고 송편을 만드는 사진을 볼 땐 괜히 부끄럽다.

일곱 살 열매반 사진은 속상해서 별로 보고 싶지 않다. 사진도 별로 없다. 운동회도 부모님 참관수업도 토요일에 있었지만 나는 가지 못했다. 엄마 아빠가 갈 수 없었기 때문이다. 늦잠을 자는 바람에 딸기밭 체험도 못 갔고, 가을 소풍은 일부러 가지 않았다. 엄마가 아무리 깨워도 일어나지 않는데 또 도시락 없이 가서 선생님의 도시락을 같이 먹고 싶지 않았다.

텔레비전 위에 걸린 돌잔치 사진은 매일 본다. 한복을 입고 있는 사진 속 엄마는 참 예쁘다. 아빠도 멋지다. 나를 안고 있는 엄마, 엄마의 어깨를 감싸고 있는 아빠, 통통한 얼굴로 웃고 있는 나까지 참 행복해 보인다. 내가 아주 어릴 땐 저렇게 행복했는데 지금은 아무도 행복한 것 같지 않다.

아빠랑 맨날 같이 살면 좋겠다. 엄마가 아프지 않으면 좋겠다. 집에 들어오면 항상 엄마가 있었으면 좋겠다. 우리 셋이 다 같이 밥 먹고, 다 같이 잠들고, 다 같이 일어나면 좋겠다.

아빠가 진짜 학예회에 왔다. 내 차례가 되어 나갔는데 아빠가 제일 뒤에 있었다. 어른들이 많이 있었지만, 아빠는 키가 커서 나는 금방 알아보았다. 아빠가 나를 응원하는 목소리가 들렸다. 아빠에게 멋지게 보여주려고 열심히 했다. 아빠가 웃는 모습을 보니 너무 기뻤다.

학교가 끝나자마자 태권도장도 가지 않고 집으로 달려갔다. 아빠는 다시 일하러 가지 않고 나를 기다리고 있었다. 아빠는 내 겨울옷을 산 후에 감자탕을 먹으러 가자고 했다. 아빠와 오랜만에 외출하는 거라 나는 너무 신이 났다. 내가 좋아하는 초록색 패딩과 겨울옷들을 잔뜩 사고 식당에 갔다.

"아빠 와서 너무 좋아. 나 오늘 잘했지?"

"응, 우리 은수가 제일 잘하더라. 멋있었어."

"헤헤. 엄마도 왔으면 좋았을 텐데. 엄마도 내가 품새 하는 거 한 번도 못 봤는데."

"그러게."

"아빠 근데 이건 왜 이름이 감자탕이야? 감자도 없는데."

"글쎄. 조금이긴 해도 감자가 있긴 있어."

"아빠, 맛있어. 아빠랑 먹으니까 더 맛있어."

"아빠도 은수랑 먹으니 더 맛있네."

"저기… 은수야, 아빠가 생각해 봤는데…. 은수는 할아버지 할머니랑 사는 게 좋을 것 같아.

엄마 아빠가 은수랑 잘 있어 주지도 못하고 잘 챙겨 주지도 못하잖아."

"그럼 우리 이제 할아버지 할머니랑 사는 거야?"

"아니, 은수만 할아버지 할머니랑 사는 거야."

갑자기 기침이 나왔다. 감자를 삼키다가 목구멍에 걸린 것 같았다.

"나만?"

"아빠는 많이 바빠서 집에 오기도 더 힘들어지고, 엄마는 아픈 거 치료도 받아야 하고…"

"나 그냥 우리 집에서 살면 안 돼? 엄마 아빠랑 지금처럼 지내면 되는데."

"계속 이렇게 지내면 우리 은수 너무 힘들 것 같아서. 할아버지께 벌써 말씀드렸어. 겨울방학 하면 할아버지 집에 가자."

"싫어. 난 그냥 우리 집에서 살 거야."

"은수야, 아빠 말대로 하자. 너를 위해서 그러는 거야."

나를 위한 것이라고? 나를 위해서라면 내가 좋아하는 대로 해주어야 하는 거 아닌가?

"엄마 더 많이 아프게 된 거야? 나 우리 집에 있으면 안 돼? 학교랑 태권도장은 어떡해?"

"학교는 할아버지 집 근처로 전학 가야지. 태권도장도 아빠가 새로 알아볼게."

"할아버지 집 가기 싫어. 나는 우리 집이 좋아. 다른 학교 가기 싫어. 태권도장도 여기가 좋단 말이야."

엄마가 아프고 아빠가 바빠도 나 혼자 잘 할 수 있다. 그런데 왜 나한테 물어보지도 않고 어른들끼리 결정해 버렸는지 화가 났다. 할아버지 할머니랑 같이 사는 것도, 새로운 학교에 가는 것도 걱정이다. 아빠는 별것 아닌 것처럼 말하지만 나는 그렇지 않다.

방학식이 끝났다. 친구들에게 전학 간다고 말하지 않았다. 어쩌면 겨울방학이 끝나고 계속 다닐 수 있을지도 모르니까. 그런데 태권도장에서 사범님이 내가 다음 주부터 못 나온다고 말해버렸다. 내가 이사 가서 전학도 가야 하고 태권도장도 못 나올 거라고 말하는 사범님이 너무 미웠다. 아이들 사이에서 순식간에 내가 투명 인간이 되어버린 것 같았다. 다시는 이 태권도장에 오지 않겠다고 결심했다.

방학식 다음 날 아침에 아빠가 왔다. 엄마는 웬일로 일찍 일어나서 아침을 했다. 엄마가 내 옷이며 학용품을 다 꺼냈다. 아빠는 내 물건을 파란색의 커다란 상자 두 개에 모두 넣었다. 어렸을 때 보던 그림책들과 장난감은 넣지 않았다.

"가기 싫어. 싫단 말이야. 왜 나만 가라는 거야? 여기가 우리 집인데. 엄마 아빠는 여기 있을 거잖아. 다른 애들처럼 나도 엄마 아빠랑 살 거야. 안 가!"

나는 소리치면서 울었다. 내가 얼마나 슬프고 화가 나는지 엄마 아빠는 모르는 것 같았다. 할아버지 집에서 사는 게 왜 나를 위한 건지 정말 모르겠다. 처음으로 거실 바닥에 앉아서 발버둥 치며 울었다.

"안 가! 안 가! 안 갈 거야!"

엄마가 울었다. 아빠가 나를 껴안고 달랬다. 눈물이 더 많이 났다. 목이 쉬도록 소리 지르며 울었다. 너무 울어서 그런지 눈이 잘 떠지지도 않고 코가 막혀서 엄마가 해준 밥도 먹지 못했다.

"은수야, 미안해. 엄마가 진짜 미안해. 그래도 은수 사랑해. 할아버지 할머니랑 잘 지내."

엄마는 내 얼굴을 물수건으로 닦아주고 로션을 발라준 뒤에 안아

주었다. 나는 자꾸 눈물이 나서 엄마한테 아무 말도 못 하고 할아버지 집으로 갔다.

[2]

겨울방학이 끝나도 다시 집으로 돌아갈 수는 없었다. 할아버지 집에서 15분 정도 걸어야 하는 학교로 전학을 갔다. 그리고 학교 앞에 있는 태권도장도 다니게 되었다. 할머니는 일주일 동안 학교에 같이 가고 태권도장 차에서 내리는 곳으로 나를 데리러 왔다. 열 살이나 되었는데 할머니는 나를 계속 일곱 살로 생각하는 것 같았다.

할아버지 집은 큰길에서 시장으로 가는 골목에 있다. 빌라 2층이라 엘리베이터를 타지 않아서 좋다. 거기다가 시장이 바로 앞이라 구경할 게 많아서 정말 좋다. 그중에서도 생선가게를 구경하는 게 제일 재밌다. 할머니 친구가 하는 칼국수 집이랑 두부 가게에 들러서 인사도 한다. 나를 보면 늘 반갑게 맞아주고 가끔 간식을 주기도 한다.

할머니는 시장 보러 갈 때마다 꼭 나를 데리고 간다. 할머니 따라 시장에 처음 갔을 때 가는 곳마다 나를 소개해서 인사하느라 좀 부끄러웠다. 할머니는 나랑 다니는 게 좋은 것 같다. 내 손을 항상 잡고 다닌다. 그리고 시장에 갈 때는 꼭 물어본다.

"우리 애기 오늘은 뭐 먹고 싶어? 오늘은 뭐 해 먹을까?"

할머니는 툭하면 나를 '우리 애기'라고 부른다.

"나 애기 아니야 할머니. 열 살이라고요 창피하게… 은수라고 불러요."

이제는 할머니랑 많이 친해져서 할머니한테 이렇게 말한다. 먹고 싶은 것도 뭐든지 생각나는 대로 말한다. 할머니는 내가 말하면 거의 다 만들어준다. 할머니는 못 하는 음식이 없는 것 같다. 전부 맛있기까지 하다.

할아버지 집에 온 지 얼마 안 됐을 때였다. 할머니와 시장에 갔는데 치킨 냄새가 너무 맛있게 났다. 말할까 말까 망설이다가 겨우 말했다.

"할머니, 나 이거 먹고 싶어요."

"아이구 그래? 아줌마, 닭강정 안 매운맛으로 작은 거 하나 포장해 줘요. 뼈 없는 거 맞죠? 우리 애기가 먹고 싶다네."

양념치킨은 먹어봤는데 닭강정은 그때 처음 먹어봤다. 더 바삭하고 달콤한 게 양념치킨보다 훨씬 맛있었다. 할아버지 할머니는 안 좋아한다고 해서 나 혼자 다 먹었다. 쫄깃한 떡도 맛있었다. 그 뒤로 할머니는 내가 기분이 안 좋거나 아프면 닭강정을 사준다. 달달한 식혜랑 같이 먹으면 신기하게 기분이 좋아진다.

할아버지는 새벽에 일을 나갔다가 저녁에 들어온다. 할머니는 할아버지가 들어오시는 시간에 맞춰 항상 저녁상을 차린다. 별로 말이 없는 할아버지도 저녁밥과 함께 술을 마시는 날은 좀 달라진다.

"은수야, 학교는 재미있냐? 선생님은 좋아? 친구들이랑 사이좋게 지내고?"

"할아버지 할머니랑 살아서 좋아, 안 좋아?"

"할머니 음식 참 잘하지? 할아버지는 이 세상에서 할머니가 해주는 음식이 제일 맛있어."

"은수야, 엄마 아빠 안 보고 싶어?"

"은수는 커서 뭐 될 거야?"

할아버지는 나한테 궁금한 게 많은 것 같다. 나는 뭐라고 대답할지 생각하다가 대답을 아예 못 할 때도 있다. 그런데 할아버지는 어떤 날은 아빠가 불쌍하다며 걱정을 막 하다가 어떤 날은 아빠 욕을 막 한다. 할아버지는 아빠를 좋아하는 것 같기도 하고 안 좋아하는 것 같기도 하다. 그래도 할아버지가 나는 분명히 좋아하는 것 같다. 나한테는 한 번도 얼굴을 찡그리거나 화난 목소리로 말한 적이 없다. 집에 오면 항상 나부터 찾는다. 그리고 새벽에 일하러 가기 전에 꼭 내 방에 와서 내 얼굴을 만져보고 나가는 걸 나는 안다.

아빠는 이제 한 달에 한 번 정도 나를 보러 온다. 할아버지 집에 오고 나서 아빠 얼굴을 본 건 네 번뿐이다. 가끔 전화가 오면 아빠가 하는 말은 똑같다.

"할머니가 잘해주시니? 은수가 할아버지 할머니랑 있으니까 아빠가 걱정이 하나도 안되네. 할아버지 할머니 말씀 잘 들어."

엄마는 설날에 전화 온 거 말고는 전화도 안 하고 나를 보러 오지도 않는다. 내가 없으니까 너무 편한가 보다. 내가 보고 싶지도 않은가 보다. 내가 없어도 아무렇지도 않은가 보다. 나도, 나도… 할아버지 할머니가 있어서 괜찮다.

오늘은 현장 체험학습을 가는 날이다. 할머니가 김밥 싸다가 늦게 깨워서 나는 아침도 조금 먹고 학교에 뛰어갔다. 저번 체험학습 때는 편의점에서 김밥이랑 초코우유를 사 갔다. 이번에는 할머니가 김밥을 싸준대서 진짜 좋았다. 친구들과 점심 먹을 때 부끄럽지 않을 것 같았다.

식물심기 체험도 하고 잔디밭에서 친구들과 실컷 뛰어놀고 나니 배가 너무 고팠다. 돗자리를 깔고 도시락을 꺼냈다. 그런데 할머니가 도시락을 세 개나 넣어놓았다. 왜 세 개일까 생각하며 열어보았다. 첫 번째 통엔 김밥, 두 번째 통엔 유부초밥, 세 번째 통엔 오렌지와 참외가 꽃처럼 예쁘게 들어 있었다. 짝꿍 하솜이는 문어 모양 소시지랑 팬더 모양 주먹밥에 곰돌이 쿠키까지 든 도시락이었지만 하나도 부럽지 않았다. 할머니 도시락이 최고다. 고기가 콕콕 씹히는 유부초밥도 맛있고 어묵이 많이 들어간 김밥도 너무 맛있다. 할머니가 먹기 좋게 잘라준 오렌지와 참외도 달콤했다. 체험학습을 마치고 친구들이 놀자고 하는데도 바로 집에 갔다.

"할머니, 나 왔어요."

"아이고 우리 애기 왔어. 오늘 재밌었어?"

"할머니 이거 할머니 선물이에요. 오늘 내가 심은 건데 이름이 무슨 야자랬는데 공기를 좋아지게 한대요. 할머니, 오늘 김밥이랑 유부초밥 진짜 진짜 맛있었어요. 할머니가 해준 음식 중에 제일 맛있었어요. 오렌지랑 참외도 맛있었는데 배가 너무 불러서 참외는 몇 개 남겼어요."

"맛있게 먹었다니 할머니가 너무 기분이 좋네."

"사실은 엄마가 아파서 도시락을 맨날 못 가져갔거든요. 도시락 감사합니다."

"그랬어? 우리 애기 그동안 속상했겠네."

"할머니⋯ 사랑해요."

"아이고 내 새끼. 할머니도 우리 은수 사랑해."

쑥스러웠지만 할머니를 꼭 안고 사랑한다고 말했다. 할머니도 나를 꼭 안으며 사랑한다고 말했다. 할머니 눈에 눈물이 고였다. 나는 할머니가 참 좋다. 할머니가 엄마 같다.

토요일에 아빠가 왔다.

"우리 은수 살도 찌고 키도 많이 컸네. 할머니가 맛있는 거 많이 해주시는구나."

"응, 수요일에 체험학습 갔는데 할머니가 김밥이랑 유부초밥 싸 줬어. 진짜 맛있었어."

"그래? 감사합니다. 은수 잘 챙겨 주셔서."

아빠는 할머니를 보지도 않고 말을 했다. 그러더니 나만 빼놓고 할아버지 할머니랑 안방에 들어가 문을 닫고 무슨 이야기를 했다. 한참 뒤 아빠가 나를 불러서 들어가 보았다. 할아버지는 잔뜩 화가 난 얼굴이었다. 나는 할머니 옆에 가서 앉았다.

"은수야, 있잖아. 아빠가 은수한테 진짜 미안한 말 하려고. 아빠랑 엄마⋯ 이제 같이 안 살기로 했어. 이혼⋯했어."

"이혼? 엄마랑 아빠 이혼했다고?"

"엄마도 힘들고 아빠도 너무 힘들어서 그러기로 했어."

"이혼하면 안 힘들어? 같이 살면 힘들고? 왜?"

우리 셋이 다 같이 사는 게 내 소원인데, 엄마 아빠는 내 마음 따위
는 하나도 신경 쓰지 않는 게 틀림없다.

"나도 엄청 힘들었어."

"그래, 아빠가 다 알지. 그래서 할아버지 할머니랑 있으라고 한 거야."

"나는, 힘들어도 엄마 아빠랑 같이 사는 게 좋단 말이야. 이혼하려
고 나 여기 보냈어?"

"그건 아니야."

"엄마 아빠는 내 생각은 하나도 안 하지? 왜 나한테 미리 말 안 했어?"

"그게…"

눈물이 나올 것 같은데 꾹 참았다. 달리기를 하는 것처럼 숨이 찼다.

"엄마는 이제 어디서 살아? 아빠는? 이제 엄마 아빠 못 봐?

"아니야, 왜 못 봐. 은수 보러 자주 올게. 엄마도 그럴 거야."

"거짓말, 거짓말하지 마! 나 할아버지 집에다 버린 거지. 내가 귀찮
은 거지? 엄마는 한 번도 오지 않고 아빠도 잘 안 오잖아. 뭐가 맨날
그렇게 바빠? 그렇게 보기 싫으면 나 왜 낳았어?"

목구멍이 찌릿찌릿했다. 숨쉬기가 힘들었다.

"엄마 아빠가 은수 왜 보기 싫겠어. 아니야. 엄마 아빠는 은수 사랑
해. 정말이야. 너 밉고 싫고 그런 거 아니야."

"아니야! 나 사랑하는 거 아니야! 내가 싫은 거야! 나도 엄마 아빠

싫어! 엄마 아빠 없어도 돼. 할아버지 할머니하고 살 거야."

할머니한테 안겨서 펑펑 울었다. 아빠가 나를 끌어안으려고 했지만 세게 밀어버렸다. 엄마 아빠는 내가 전혀 소중하지 않다. 나를 사랑하고 소중하게 생각한다면 그럴 수 없다. 엄마 아빠를 기쁘게 해주려고 노력했던 내가 바보 같다. 나도 이제 엄마 아빠를 사랑하지 않을 거다.

어린이집 활동사진 파일들을 재활용 쓰레기통에 다 넣어버렸다. 나도 엄마 아빠 보기 싫다. 엄마 아빠는 내 생각 안 하는데 나만 엄마 아빠 생각하는 거 싫다. 나는 할머니가 제일 좋다. 이 세상에서 제일 나를 사랑해주고 예뻐해 준다. 할머니랑 있으면 힘든 일도 걱정할 일도 없다. 할머니한텐 내가 1번이다. 나는 할머니만 있으면 된다.

가을 운동회가 끝나고 나니 좀 심심하다. 며칠 동안 운동장에서 운동회 연습하는 것도 재미있었다. 이번 운동회 때는 할아버지가 쉬는 날이어서 할머니도 일을 쉬고 같이 구경 왔다. 할머니는 운동회에 처음 와본다고 했다. 할아버지는 아빠 어릴 때 한번 가 보고 이번이 두 번째라고 했다. 내가 청팀 이어달리기 선수로 나가서 백팀을 따라잡았다고 할아버지가 아주 좋아했다. 그래서 새우랑 고기가 들은 커다란 피자를 사줬는데 또 먹고 싶다.

"할머니, 나 왔어. 할머니 나 피자 먹고 싶은데 저녁에 피자 사주면 안 돼요?"

할머니가 대답이 없다. 할머니는 오전에만 일하고 내가 올 때는 꼭 집에 있는데 이상하다. 안방에도 없고 화장실에도 없다. 할머니 혼자 시장에 갔나 생각하는데 문이 벌컥 열렸다.

"은수야, 은수 왔어?"

아래층 할머니가 급하게 들어오더니 울먹이며 말했다.

"은수야, 어떡하니. 할아버지 돌아가셨다."

그때부터 일주일 정도는 시간이 어떻게 지나갔는지 모르겠다. 그냥 멍하니 앉아서 할아버지 사진을 보거나 할머니와 아빠를 쳐다보다가 하루가 지나갔다. 할머니와 아빠가 겪고 있는 슬픔의 크기가 어느 정도인지 느껴졌다. 목소리도 크고 힘도 세던 할머니는 갑자기 꼬부랑 할머니가 된 것 같았다. 아빠는 내가 엄마랑 헤어질 때만큼 많이 울었다. 나도 아주 슬펐다. 그날 새벽에 내 머리를 쓰다듬고 나가는 할아버지를 잠결에 얼핏 보았는데 그게 마지막 할아버지 모습이었다. 그럴 줄 알았으면 할아버지한테 좀 잘할걸. 할아버지한테는 사랑한다는 말도 못 했는데 이제는 할 수가 없다.

할아버지는 이제 사진으로만 집에 있다. 할아버지는 늘 새벽에 나가서 내가 학교 가는 모습을 본 적이 별로 없다. 지금은 학교에 갈 때마다 내가 할아버지 얼굴을 보고 간다. 학교에 갔다 오면 또 할아버지 얼굴을 본다. 할아버지가 살아있을 때보다 더 많이 친해진 것 같다. 그래서 자꾸만 할아버지에게 미안한 마음이 든다.

[3]

    학교 끝나고 바로 준석이 생일 파티에 가기로 했는데 깜빡하고 선물을 두고 와서 다시 집에 갔다. 얼른 가지고 가려는데 할머니 목소리가 들렸다. 내 방 창문 아래에 의자가 몇 개 놓여 있는데 거기서 아래층 할머니와 얘기하는 것 같았다. 그런데 내 이름이 자꾸 들렸다. 그래서 무슨 얘기인가 하고 창문으로 다가갔다.

    "은수 그냥 아빠한테 보내. 은수 고등학교 졸업하려면 십 년은 더 키워야 하는데 어떻게 키우려고."

    "내가 자식이 있니, 형제가 있니? 은수 아빠하고 나는 남이나 마찬가지지만, 은수는 진짜 내 손자 같아. 할머니 할머니 하면서 이쁜 짓 하는데, 내가 고것 때문에 산다."

    "은수 할아버지가 살아계시면 몰라도 피 한 방울 안 섞였는데 사서 고생을 하고 그래. 지금이야 이쁘지. 사춘기 오면 키우기 힘들어."

    "우리 은수는 진짜 착해. 1년 동안 속 한번을 안 썩였어."

    "아이고, 그새 은수랑 정이 흠뻑 들었네, 흠뻑 들었어."

    이게 무슨 말이지? 할머니가 자식이 없다고? 내가 진짜 손자 같다고? 그럼 아빠는 뭐지? 나는 할머니 손자가 아니라는 건가?

    뭐가 뭔지 잘 모르겠다. 준석이 생일 파티에 가야 하니 나중에 생각해야겠다. 그런데 선물을 들고 뛰어가면서도 자꾸만 할머니 말이 생각났다. 준석이 생일 축하 노래를 부르고 피자를 먹을 때도 그랬다. 그래서 친구들이 더 놀자고 하는데도 빨리 집에 왔다.

할아버지가 안 계셔도 우리는 예전처럼 6시에 저녁을 먹는다. 할아버지 할머니 나, 셋이 먹던 밥상이 지금은 너무 크게 느껴진다. 할머니는 할아버지 생각을 많이 하는 것 같다. 밥 먹을 때 특히 더 그렇다.

"느이 할아버지 고등어에 묵은지 넣고 푹 지진 거 참 좋아하셨는데."

"할머니 나도 좋아해요. 애들은 묵은지 이런 거 안 먹는데 나는 할아버지 닮아서 그런가?"

"그래 그래. 우리 은수 많이 먹어라."

"할머니도 많이 드세요. 할머니, 오늘 준석이 생일 파티 갔는데 남자애들만 전부 다 왔어요. 어제 여자애들이랑 싸웠거든요. 그래서 여자애들은 아무도 안 왔어요."

나는 할머니가 할아버지 생각하다가 울까 봐 틈만 나면 이것저것 이야기한다. 할머니는 예전처럼 크게 웃지는 않지만 그래도 나를 보며 웃는다. 오늘은 더 많이 할머니 기분을 살피느라 밥도 잘 먹지 못했다.

'할머니, 나 할머니 손자 맞지? 할머니 진짜 우리 할머니지?'

이렇게 할머니한테 물어보고 싶은데 물어볼 수가 없다. 할머니가 아니라고 할까 봐 무섭다. 할머니는 틈만 나면 '우리 애기' '내 새끼' 그러는데 내가 할머니 손자가 아니라고? 말도 안 된다. 할머니가 나를 얼마나 예뻐하는데, 그리고 시장 아줌마들이 할머니랑 나랑 똑 닮았다고 했다. 내가 진짜 손자가 아닐 리 없다. 아빠가 할머니랑 사이가 좋아 보이진 않았지만 그건 할아버지랑도 그랬다.

할머니가 좋아하는 드라마가 할 시간이라 텔레비전을 켜다가 갑자기 생각이 났다. 아! 아빠가 할머니를 한 번도 '엄마'라고 한 적이 없었던 것 같다. 할아버지는 '아버지'라고 불렀는데. 정말 그랬던 것 같다. 덜컥 겁이 났다. 할머니가 드라마를 볼 때 내 방에 들어가 아빠에게 문자를 보냈다. 네 번인가 다섯 번인가 지웠다 썼다 했다.

'아빠, 나 은수야. 뭐 물어볼 게 있어서. 할머니가 아빠 엄마 맞지?'

아빠는 답장이 없었다. 만약에 할머니가 우리 할머니가 아니면 나랑 같이 살 수 없는 걸까? 계속 그 생각을 하다가 잠이 들었나 보다. 할머니가 깨워서 지각한 줄 알고 벌떡 일어났는데 다행히 토요일이었다. 할머니는 아침밥을 차려주고 친구네 김장 도와주러 간다고 나가셨다. 아빠가 답장을 보냈는지 확인하는데 전화가 왔다.

"은수야, 어제 할머니가 아빠 엄마 맞냐고 왜 물어봤어?"

"그게… 아래층 할머니랑 우리 할머니랑 얘기하는 거 들었는데 좀 이상한 얘기를 해서. 할머니가 아빠 엄마 아니야?"

"…"

"아빠. 아빠?"

"응, 아빠 듣고 있어."

"아빠, 나 할머니 손자 맞지?"

궁금한 게 많은데 아빠는 왜 이렇게 대답을 빨리 안 하는 걸까.

"할머니 손자 맞지."

"그럼 왜 그런 얘기를 해? 피 한 방울 안 섞였다고. 그냥 아빠한테 보내라고 그러던데."

"사실은… 아빠 낳아준 할머니는 돌아가셨어. 지금 할머니는 은수가 다섯 살인가 여섯 살인가 그때부터 할아버지와 함께 사셨어."

"그럼 진짜 우리 할머니는 아닌 거네?"

"그래도 은수 할머니긴 할머니지."

"나 할머니랑 계속 같이 살아도 돼?"

아빠는 또 말이 없었다. 아빠 얼굴도 못 보고 전화로만 얘기하니 답답했다.

"아빠, 할머니랑 살면 안 돼?"

"할머니랑 살고 싶어? 아빠하고 사는 건 어때?"

"아빠하고 둘이서만?"

"응"

이번엔 내가 빨리 대답할 수가 없었다. 솔직히 말하면 아빠가 기분 나쁠까?

"아빠하고 사는 것도 좋은데…"

"할머니랑 살고 싶어?"

"응"

수요일 밤에 아빠가 왔다. 내일이 할아버지 49재여서 할머니는 할아버지가 좋아하시던 음식을 만드느라 온종일 바빴다. 아빠는 할머니와 인사할 때 빼곤 눈도 안 마주쳤다. 텔레비전이라도 켜놓지 않았으면 집이 너무 조용할 뻔했다. 할머니는 아직도 만들 음식이 더 있는지 부엌에만 있었다. 아빠가 내 방에 들어가서 잠깐 이야기하자고 했다.

"은수는 할머니 좋아? 왜 좋아?"

"할머니 좋아. 할머니는… 할머니는 엄마 같아."

"엄마 같아?"

"우리 엄마는 다른 애들 엄마랑 좀 다르잖아. 그런데 할머니는 다른 애들 엄마처럼 그래."

"…"

"아빠 나 할머니랑 계속 살면 안 돼? 아빠는 맨날 바쁘고 엄마는 나한테 관심도 없잖아. 나는 할머니랑 사는 게 좋아. 여기 할아버지 집도 좋고 친구들도 다 여기 있고. 할머니랑 여기서 계속 살았으면 좋겠어."

할아버지 49재를 지내고 집에 왔다. 아빠는 또 무슨 할 말이 있는지 할머니랑 둘이 안방에 들어갔다. 할아버지가 돌아가시고 아빠는 집에 자주 온다. 올 때마다 할머니랑 둘이서만 오래오래 이야기한다. 어른들만 알아야 하는 일인지 나한테는 말해주지도 않는다. 나가서 친구랑 놀고 오라고 하거나 내 방에 가 있으라고 했다. 한번은 할머니가 소리를 질러서 깜짝 놀랐다. 할머니의 화난 목소리는 처음 들어봤다. 아빠도 얼굴이 빨개져서 방에서 나왔다. 할머니랑 아빠랑 싸운 것 같았다.

소파에 앉아서 무슨 이야기를 하나 귀 기울이고 있는데 잘 들리지 않았다. 그렇게 길게 이야기하지는 않았다. 생각보다 빨리 아빠가 나왔다. 나한테 할머니 말씀 잘 들으란 말만 하고 저녁도 먹지 않고 갔다. 할머니랑 아빠가 싸운 것 같지는 않은데 할머니도 말없이 저녁 준비를 했다. 무슨 이야기를 했길래 할머니랑 아빠 둘 다 기분이 좋지

않은지 도저히 모르겠다. 나는 일찍 자겠다고 말하고 누웠지만 잠이
오지 않았다. 누워서 멀뚱멀뚱 천장만 보고 있는데 할머니가 방문을
열었다. 나는 그냥 자는 척했다. 할머니는 내 옆에 앉아서 내 머리랑
이마랑 볼을 쓰다듬었다.

"은수야. 은수, 할머니랑 살래? 엄마 아빠 없어도 할아버지 없어도
할머니랑 살래?"

"네! 난 할머니랑 살래요. 할머니하고 살고 싶어요."

나는 번쩍 눈을 뜨고 대답했다.

"할머니도 우리 은수랑 살고 싶어."

"진짜죠? 할머니 나랑 살 거죠?"

"응. 할머니가 우리 은수 많이 많이 사랑하거든."

"나도 할머니 많이 많이 사랑하는데."

"은수야, 그럼 우리 둘이 살자. 할머니는 은수랑 사는 거 좋아."

"나도 좋아요, 나도 엄청 좋아요. 나는 옛날부터 할머니랑 사는 거
좋았어요."

"아이고 이쁜 내 새끼."

할머니 목소리가 떨렸다. 나는 일어나서 할머니를 꼭 안아주었다.
할머니도 나를 꼭 안았다.

우리는 지금처럼 앞으로도 쭉, 계속 같이 살기로 했다. 가끔 할아버
지 얘기도 하면서 씩씩하게 잘 지낸다. 아빠는 여전히 한 달에 한 번
나를 보러 온다. 그리고 엄마가 크리스마스 선물을 보냈다. 나를 완전

히 잊어버린 줄 알았는데 아니었나 보다. 이제 곧 겨울방학이다. 4학년이 되면 내가 할머니보다 키가 더 커질 것 같다. 그럼 내가 할머니를 지켜줄 수도 있다.

나는 요즘 정말 행복하다. 내가 사랑하는 할머니 최화순이랑 할머니가 사랑하는 나 김은수랑 우리 둘이 같이 있어서 참 행복하다.

고래별자리

발행 2022년 10월 5일
지은이 조서현, 이서연, 김현, 박보순, 유은솔, 박세은, 문기원, 이예은, 이진아, 양정화
라이팅리더 김세실
펴낸이 정원우
펴낸곳 글ego
출판등록 2019.06.21 (제2019-000227호)
주소 서울특별시 강남구 테헤란로216, 12층 A40호
이메일 writing4ego@gmail.com
홈페이지 http://egowriting.com
인스타그램 @egowriting

ISBN 979-11-6666-189-1